架　橋 35

2024 秋

目　　次

表紙絵・呉炳学　表紙題字・磯貝英宗

来るひと

磯《いそ》貝《がい》治《じ》良《ろう》

おはよう、とあいさつして、遺影に手を合わせる。それが十六年続く一日の始まりだ。遺影はきょうも五十歳代の笑顔である。

　手のひらを合わせていると、頭の裡《うち》にねんこさんの声が聞こえる。声は遺影からではなく、どこかから来て頭のなかで話しているみたいだ。それでもことばは、ねんこさんの声だ。

　話しかけてくることばは、土地や場景、場面々々の記憶だったりするが、誰それの人の記憶が多い。ねんこさんが知らないはずの人の名前が現われることもある。今朝の話がそうであった。

　のっぽのはんちゃんに会ったよ。そちらへ行く、と言ってた。もう着くころだから会えた？

　はんちゃん？　のっぽの？　誰のことか。ねんこさんの声から聞こえる名はいつも身内の者とか友人のそれだ。しばらく遺影を見つめていて思い当たった。あぁ、韓晶《ハンチャン》のことか。それにしても、ねんこさんは韓晶を知らないはずだ。彼は三十歳で亡くなった。彼が亡くなるまえに私とねんこさんは結婚していたけれど、韓晶との交友は絶えていて、ねんこさんが韓晶を知るよしもない。

もしかして、ねんこさんはぼくの小説「梁《ヤン》のゆくえ」を読んで憶えているのだろうか。それにしても変だ。韓晶の名前は作中では変えている。

韓晶の名前が消えるより先に海辺の風景が浮かんできた。海が光の粒子でキラキラとかがやいている。神崎《かみさき》という土地の北浦湾だ。波留め埠頭にひとの姿が三つ。裸にモッコ（代用海水パンツ）を着けているので男の子らとわかる、そんな遠さで見える。うちの二人がボクシングみたいな仕草をしたり睨み合ったり取っ組み合ったりを繰り返している。もう一人の男の子は少し離れたところでそれを見ている。観察しているようにもみえる。そのうち喧嘩らしきことは終わって、男の子らは海に飛び込み、横並びに湾の外へ泳いでいった。

小学校六年生だったか。喧嘩をしているのはヨシダとぼく。審判役をしていたのは一歳下の申《シン》君。なぜ喧嘩になったのかははっきりしない。

当時のぼくは韓晶という本当の名前を知らなかった。学校でも教師をふくめて皆、ヨシダカツトシと呼んでいた。

ヨシダの家は町で一番高台にある小学校の裏手、北浦湾を望む墓地から下る傾斜地の途中に建っていた。それに隣り合って申君の家があって、町で二軒だけの朝鮮人だった。

二軒の人たちが神崎で暮らしている由来は知らない。日本が戦争に負けるまぎわの一九四五年七月、となり町の日本帝国軍用機製造工場中島飛行機が米軍戦闘機B29の空爆を受けて、働いていた朝鮮人労働者四十八人が死亡した。朝鮮半島の北辺の地から強制徴用されてきた人びとと内地徴用された人を合わせて千人を超える朝鮮人が働いていた。日本の敗戦後、強制連行されてきた人びとはくにへ帰った。内地徴用された人びとも去って、わずかな人が周辺の町に残った。

ヨシダと申君の家族があの戦争を生きのびて日本の神崎に留《とど》まった人たちだったかは、知らない。

ヨシダとは小学校、中学校が同じだった。中学校のとき、ぼくの家で行なった大晦日の夜明かし会に彼が一升瓶をオーバー（コート）の内にひそませて持参。家人に内緒で皆で呑みあったことを憶えている。高校は別々の学校に進んだので、神崎の町でたまさか八百屋か魚屋の店先で豚の餌をリヤカーに乗せている彼に出会う程度の疎遠な間柄になった。

代わりに申君と会う機会が増えた。一歳下の彼がおなじ大学に入って、通学の電車が会話の場になったり、ヨシダらと生まれて初めて酒を呑んだ二階の部屋が野間宏の「暗い絵」や「真空地帯」の感想を語りあう場になった。しかしそれはぼくの人生のなかの束の間の時間であった。

一九五九年一一月下旬、申君の家族は新潟に向かった。そして一二月一五日の第一次帰還船で朝鮮民主主義人民共和国へ帰った。

韓晶は一九六七年、神崎で三十歳で亡くなった。その一年ほど前だったか、ヨシダカツトシという通名しか知らなかった彼が突然、実家に帰省中のぼくの家を訪ねてきた。

「G君、申の家はいいよ。兄《ヒョン》が日本で英雄的な死を遂げたから、くにへ帰っても生活の心配はない。けど、おれの家はそうではない。ニッポン人やって来たからな」

それだけを言うために訪ねてきたわけではないが、今は記憶に残らないほどの話を交わして彼は帰った。

朝鮮戦争に反対する集会とデモに数千人の朝鮮人も参加して「戦後三大騒擾事件」と呼ばれた大須事件は、一九五二年七月に名古屋で起きた。そのとき一人の朝鮮人高校生が警官の拳銃の水平撃ちによって殺された。

朝鮮戦争が勃発したのはぼくが中学一年生のとき。東京六大学野球の早慶戦をラジオで聞いていると突然、臨時ニュースのアナウンサーの切迫した声が入った。その戦争の兵站基地になった日本の政府と米軍に抗議して殺害された朝鮮人高校生が申君の兄であることを、あの頃のぼくは知らなかった。その家族がくにへ帰ることを申君は言わなかったので、あの日、ヨシダから聞くまでそれを知らなかった。ヨシダカツトシの本名が韓晶であることも、あの日、彼の口から伝えられるまでぼくは知らなかった。

何も知らなかったぼくのなかで、死の一年前に韓晶から聞いたことばがぼくの人生のなかでいつまでも置き忘れられたもののようになったのは、いつ頃からだったろうか。


おはよう。遺影に手を合わせる。

手を合わせて十秒ほどすると、ねんこさんの声が聞こえてきた。キタさんがね……。最初の一言で、川北弘のめがねの顔が頭の裡に浮かぶ。まだ顔を見せないのはどうしたことか、と言ってるよ。ねんこさんのことばに少し棘がある。

キタさんの仏前にも墓前にもまだ参っていない。彼が亡くなって一年、そのことが折にふれて気にかかっている。

川北弘とは大学で出会って半世紀を超える親交だった。一、二年の教養部時代にフランス語を第二外国語とするクラスで同級になった。一歳年長の彼はすでに労働組合を経験していた。中学を卒業すると郵便配達の仕事をしながら四年生定時制高校に通った。大学内に経済学研究会（経研）というのがあって、マルクス経済学を学ぶグループであった。学部生と交友のあった彼はすでにそのメンバーだった。ぼくが経研に近づいたのは川北弘の誘いであったかどうかははっきりしない。

川北弘は戦後十年の当時、駅裏と呼ばれた名古屋駅西のバラック街に住んでいた。そこは闇市のメッカであり、アウトロウ社会を形成していて、所轄の警察官も入るのに二の足を踏む聖域であった。その一角に川北弘は母、姉妹と四人家族で暮らしていた。父が戦死であったかどうかを知らないが、彼の役割は父親のそれであった。

質素な長屋ふうの住まいが、学生時代に二度、火災を起こして、経研のメンバーが焼け跡の片付けに駆けつけた。そのとき長屋の住人を代表して、彼が神戸の火災保険会社に行く。保険金を手にしたのはいいが帰途、酒を呑んで公園のベンチで仮寝してしまい、札束入りの鞄を置き引きされた。その顛末を「参った、参った」と笑って彼は話した（「参った、参った」の口癖は終生続く）。川北弘には物怖じない性格があった。

高校三年生頃から小説を読み始めていたぼくは、大学に入ると本格的に文学をやろうとJ・P・サルトルとかA・カミュとかA・マルローといったフランス実存主義文学や（フランス語を履修したのはそのため）ドストエフスキー、カフカなどを耽読し始めていた。彼がある日、『鋼鉄は如何に鍛えられたか』をどう思うか」と訊ねた。ぼくはその小説の題名を知っている程度で返答に窮した。雑談の折々にも「マルクスによれば」「レーニンが言うには」などと語る川北弘がぼくにはまぶしかった。

学部に進むと、ぼくは『資本論』講読のゼミを採った。このときも川北弘の誘いがあったかどうかははっきりしない。指導教授の山本二三丸はマルクス経済学が洋服を着ているようなマル経の泰斗だった。川北弘は水を得た魚のように生き生きしていたが、ぼくは「マルクス」を「文学的」に読もうと苦心していた。『資本論』の「物神崇拝」のくだりが気に入って、卒業論文は「貨幣理論の展開」と題して書いた。半分以上が引用の卒論を通すのに山本教授は苦慮したのではないか。「海守君の論文には参ったよ」そう言ったという山本教授のことばを川北弘から伝えられたのはずっとのちである。

卒業をひかえて二人は、二泊三日の信濃路の旅をした。その時からである、一歳年長の彼をぼくが「キタさん」と呼び、彼がぼくを「海守君」と呼ぶようになったのは。

卒業後、キタさんは逓信労働組合の東海地方本部に就職。理由は何だったのか、数年でその組織を辞めてレジスター機器のセールスの仕事に就く。やはり心身にいくらかの困憊を来していたようだ。ある夜、二人でハシゴして呑んだ。そしてぼくとねんこさんの住む家で彼は泊まった。学生の頃、喫茶店などで同席することもあって、ねんこさんと彼とは既知の間だった。ねんこさんの持てなしがキタさんの鬱気をいくらかは癒したようだ。彼は後々も一泊の縁を思い出ばなしにした。

キタさんはその後、道路標識の施設会社に勤めた。その会社は戦後三大騒擾事件と呼ばれた大須事件の被告が興した会社。事件関係者とツテがあって入った。四十歳代であった。数年後、従業員十名ほどの子会社の社長に就き、倒産するまでの二十年ほどその任を努めた。当初、キタさんのマルクス主義信奉は健在であったが、経営の流儀に抗しきれず、しだいに彼の日常から「カール・マルクス」は消えていく。

しばしば学生時代の指導教授山本二三丸を招いて全逓労働者の活動拠点やゼミOBの集いで講演を企画したのは、キタさんなりの抵抗であったろうか。彼は晩年、名古屋で例年開催される橘宗一少年墓前祭の世話人も務めていた。橘宗一少年墓前祭とは、一九二三年九月の関東大震災の折、大杉栄、伊藤野枝とともに甘粕大尉らによって殺害された少年の追悼祭である。

それらの活動をぼくはキタさんと共にした。とはいえ濃密な付き合いは、なんといっても酒の場である。彼はビールに特化する人で、ビールの空瓶を五、六本、卓上に並べることはめずらしくなかった。

キタさんの酒ぐせが豹変し始めたのは、いつ頃だったろうか。終電車がなくなり、東海道線に沿って二十キロほどの道のりを深夜、歩いて帰宅するというのは愛嬌であったとしても、晩年になるほど荒れる酒になった。酒乱的な行動をするというのではない。自分に苛立つふうであった。

ぼくの新著が刊行されて出版記念会が開かれた日の打ち上げ場のこと。彼としてはさほど飲みすぎたともおもえぬ頃合いだった。ぼくがトイレに用足しに行くと、背中の方の扉の内から突然、「ばかやろう」と怒鳴り声が聞こえた。ぼくが外にいると知ってのことでは勿論、ない。最前から途切れつつ続いているようだった。「ばかやろう」の合間にキタさんは何やら呟いていた。

会は別の店に移って続いた。そのときぼくはキタさんを誘うことなく置き去りにしてしまった。出版記念会には同伴していた連れ合いさんは酒席の場には来なかった。あの日以来、キタさんと酒を共にすることはなかった。いや、キタさんとの最後になった。

ぼくはまだ、あの夜の非礼を連れ合いさんに告白して詫びることをしていない。川北弘の霊前に手を合わせることもしていない。

おはよう。遺影に手を合わせる。ねんこさんの声はすぐに聞こえてきた。ボンスさんと会ったよ。知らなかったけど、こちらに来てたのね。

彼女がボンスさんと呼ぶのは許奉守《ホボンス》のことだ。ねんこさんは彼のことをよく知っている。でも彼女が許奉守の死を知らなかったのは当然で、彼があちらへ行ったのは彼女が亡くなったあとである。

許奉守はぼくが四十五年間つづけている文学グループのなかま。このグループにはこれまで三百人近い人が顔を出したけれど、リアリストのねんこさんは文学には関心なく一度も出席しなかったから、彼女が知っているのはそのうちの数名にすぎない。ボンスさんはその一人。

月一度のグループ例会が終わると、奈良に住む許奉守はねんこさんとぼくの家にときどき泊まっていく。冷える日には彼の床に電気毛布を敷いたので、「オンドルバンのように暖かかった」、と彼はねんこさんの心つかいに感心した。ねんこさんは無類の他人《ひと》好きであった。パートタイムの仕事とボランテイア活動の仕掛け人を兼ねて忙しくする、「外の人」であり、友人をつくる達人だった。ぼくの友人に対しても外連味なく持てなす人だった。

ある日のこと。許奉守と二、三人の仲間が家に来た。例によってねんこさんが酒肴で持てなす。男たちが雑談を愉しむ席に彼女がきて座り込む。寡黙な人なので聞き上手が友人つくりに役立っている彼女が、めずらしく喋り始める。ぼくがほかの女性と交際している時期だったので、悪い予感がした。案の定だった。彼女はぼくの行状を許奉守らに語った。あたかも何かを報告でもするふうに話し終えると、彼女は話題を変えた。それでぼくの背信行為がなかまに知られることになったが、気まずさはどこえやら、ぼくらは酒を交わし続けた。

ずっとのちのことになる。ねんこさんが末期の胆管がんを指摘された。ぼくの兄と妹が見舞いに来た。ぼくの背信行為を知る妹が言った、「お兄さん、お義姉さんに謝らなきゃダメよ」。ぼくが返答に窮していると、ねんこさんは言った、「そんなことは、もういいよ」。こともなげに言うその言葉に、ほっとするぼくをぼくは許してきてしまった。そうしてねんこさんが亡くなるまで、ぼくは謝罪の言葉を伝えることなく、やり過ごしてしまった。

いつの頃だったろうか、そのことが不意に思い出されて、胸のあたりに息苦しさを覚えるようになったのは。

かすかな感覚だったそれは日を追うにつれてひどくなり、近頃ではその気分がねんこさんの幻像になって浮かぶ。

許奉守のあざやかな姿が脳裡に浮かぶ。その日、丸山ダムは雨にけぶっていた。ダムを望む疎林に囲まれた台地にテントが設えられて、そこで催されていたのは死者の恨《ハン》を解く告祀《コサ》だった。人びとが集って、韓国から招いた巫女《ムーダン》二人と三人の楽士が唱い、演じ、奏で、もう一つの時空が表現された。

丸山ダムでは日帝の植民地支配時代、朝鮮半島から連れられてきた多くの人びとが働かされて、命を落とした。その恨を解く告祀が終わりに近づく頃だった。許奉守が椀の酒を、霧雨にけぶるダムに向かって撒きはじめる。酒はあっという間にけぶる空《くう》に消えたが、身を躍らせるように椀のものを放つ彼の姿は全身の躍動だった。

許奉守は民族学校を卒業していたので朝鮮語（ウリマル）をよくした。でもそれは在日ピョンヤンマルだったらしく、ソウルでタクシーに乗った折、運転技士《キサ》からどこか田舎のサトリ（方言）と間違えられた。そう語りながらニタリとする表情は彼特有の笑顔だった。それでもまだ朝鮮語の話者が稀少な時代、韓国から来日する運動圏の人びとと日本人をつなぐ通訳として重宝されていた。

彼が植民地期の在日の史跡を踏査し始めたのは青年時代だった。なかでも強制労働の史跡探査は彼のライフワークだった。旧日本軍の地下トンネル工場、ダム・土木建設場の跡などを知悉して、生き字引と呼ばれた。マイクロバスなどを仕立てフィールドワークする人びとが、許奉守に案内された。

在日文芸誌『文涛』が二世世代の文学者らによって発刊されたのは、一九九〇年頃だった。許奉守は請われてその編集委員になった。彼はグループの雑誌に在日コリアン作家論を書いていたけれど、情熱は内にひそめて謙虚に振る舞い生きていた人なので、再三辞退した。結局、編集委員についたのは、所有する財を在日社会のために役立てようと決めた許奉守の意志と、雑誌『文涛』の経営を彼の財に頼ろうとする発行者の思惑が合致したからのようだ。

関西の国立大学の学部を卒えた彼は就職もままならず、リヤカーを引いて廃品回収の仕事を始めた。リヤカーはやがて軽トラックに変わったが、肉体労働に見切りを付けて、鮨屋を始める。見習い修業もなく、一念発起の挑戦であった。妻《アネ》と二人三脚のそれが繁盛した。鮨店で蓄えた資金を元手に事業を始めたのが四十歳代だったろうか。事業の正体をぼくは知らない。

許奉守は奈良に自宅を二軒所有していて、文学サークルのなかまはそれぞれを訪ねて歓待を受けた。ひとつの家は香具山の見える鄙びた土地にあった。門を入ると植木のなかに大きな石の置かれた庭があって、石畳が玄関に通じていた。もうひとつの家は電鉄の駅近くにあって、旅館の造りを思わせる家だった。こちらは彼が建てたとは思えない年季ものだった。

　許奉守は在日文芸誌『文涛』に財を注ぐことを惜しまず、それに人生の一端を賭けた。

　彼には癇癖症と剽軽とが混交していて、富者《プチャ》（金持ち）と呼ばれたときなど癇癖が表情に出た。そうかと思うと、諧謔をよくするところもあった。一九八〇年代に在日二世を中心に広がった指紋押捺拒否運動の折、指紋押捺を拒んだ彼は言った、「私は顔面登録をしてるから、指紋不要」。

　おはよう。遺影に手を合わせる。今朝もねんこさんの声が聞こえてきた。さまよう風のような人が、照れたふうに頭を下げると、そのまま行ってしまったのよ。あれっ、誰だったかしら。しばらくして、何度も家に泊まった人だったと思い出して、赤内君と気づいたの。家族三人で来たときには、小さなおんなの子にお小遣いを上げたんだっけ。あなたといくつも年下なのに、もうこちらに来たのね。

　赤内直は六〇年安保の後すぐに作った、ちょっとアヴァンギャルドな文学グループのなかまだ。才気旺盛な青年で、グループの雑誌『現代参加』に本領発揮の小説を載せた。

　東京に憧れてか上京すると、一部屋のアパートに「無限会社面白商会」の看板を掲げて、もの書きをはじめた。コピーライター、クイズ番組の問題作り、映画のシナリオライター、ゴーストライター、出版社の校正や業界紙記事の請負仕事などをしていたが、糊口をしのぐのはままならず、共同生活者高峰君の働きがあって暮らしを立てていた。

　ぼくがS文学会の会議や大会などで東京へ行くと、一九六〇年代～七〇年代の宿は決まって彼のアパートであった。酒を酌み交わしながら、彼は著名な小説家だれそれとの交友エピソードを語り、頭の中の壮大な「傑作」の構想を語った。

　八〇年代以降、東京滞在中のぼくの宿がS文学会の会員たちの家に変わり、彼と会う機会もなく疎遠になった。

　彼の消息を聞いた最後は二〇〇〇年九月の東海豪雨の時だった。町じゅうが水に浸かった水害の写真が新聞やテレビで全国に報道された。床上一三〇センチ浸水の家の二階に避難しているとき、ねんこさんとぼくの知人から安否を心配する電話が次々と入った。なかに高峰君からのそれがあった。ひととおりこちらの様子を説明して、「赤内君は元気?」とぼくが訊ねる。「赤内はだめ。シーラカンスになっている」彼女は即座にそう言った。

赤内直はそれから十年ほどは生きたのではないだろうか。彼が亡くなったと知ったのは、死の数年後であった。「壮大な傑作」は日の目を見ずに消えた。上京後、彼は一篇の小説も書かなかった。


ふしぎなことである。遺影からねんこさんの声が聞こえ、彼女の言葉にうながされて誰彼の記憶がやって来るのに、遺影が自身を語ることがない。夢には稀に現われるが、ねんこさんらしい姿で現われない。ああ、ねんこさんだ、と分るが、顔も場面《シーン》もぼやけている。ぼくの意識の表われなのか、ぼやけているのに、夢にはぼくの懺悔と嫉妬が張り付いている。まつわりつく嫌ーな感じで夢を見ている。そもそも嫌ーな感じがその夢を招くのか、ぼやけさせるのか? どちらにしても、嫌ーな感じの夢にはぼくの悔いと、厭らしい性のエゴがまつわりついている。

遺影がぼくとの記憶を語らないのはなぜだろう。ねんこさんの現われる夢がぼやけているのはなぜだろう。ふしぎなことである。

八歳の少女が焼け跡の町を一人、裸足で歩いている。あたりには硝煙の臭いがただよい、少女は心細げに、それでも懸命な顔をして、前を行く防空頭巾のおとなに従《つ》いて歩く。それがぼくの知り、夢にも見る、ねんこさんのもっとも古い姿だ。日本敗戦の年の名古屋大空襲で、菓子製造業を営む彼女の家は全焼した。避難の途中、家族とはぐれた少女は見知らぬ人について行く。焼失した家から二キロほども離れた処で、彼女を知る人がたまたま見かけて「お宅のむすめさんが大門通りを歩いていたよ」と親に知らせてくれた。それが彼女から聞いた場面《シーン》である。その後の経緯《いきさつ》は、なぜか記憶にない、とねんこさんは言う。


ねんこさんとの記憶を思い浮かべるとなぜか、土地と場所と場景があって、彼女が点景にいる。

里山がいくつも連なる谷あいを川底の石を映して川がながれている。春の川だ。二十歳《はたち》ほどのねんこさんが川のなかで笑っている。腿のあたりまでスカートをたくし上げて。細く白い脚が透き通る水面に映ってゆらいでいる。

ぼくが学生の頃、湯谷の里での光景だ。

砂丘に人が立っている。曇り空の下にやわらかな起伏をかさねて続くそこに立っているのは、ねんこさんだ。とても小さいな姿なのに、こちらに向かって表情いっぱいに笑いかけているのがわかる。

晩秋の鳥取砂丘だった。

砂浜を裸足の人が歩いている。雑木がところどころに見えるが、砂丘みたいに広い砂浜だ。銀色の牛の背のようにうねる波が、遠くから潮騒の音を運んでくる。ねんこさんが両手のひらに砂を掬って散らしたり、スキップして足を取られ転んだり、戯れている。

遠州灘の暖かい日だった。

改札口を入って、ぼくが振り向くと、ねんこさんがまだ改札口の向こうで見送っている。二人は手を振り合うこともない。ぼくが学生、彼女が百貨店に勤めている頃、デイトのあとで別れるとき。知多半島の神崎に帰るぼくを彼女が見送るのがならわしだった。

終電車まぎわの、人もまばらな国鉄（現ＪＲ）名古屋駅。

突然の驟雨が乗合バスのフロントガラスを叩いている。名古屋市街を抜けて国道一九号線を北東に向かい、いくつかの町を過ぎた。そのあいだ眩いほどの陽差しが町々に注ぎ、遠くに見え隠れする濃緑の山並みが望めたのに、旧中山道に入ると、にわかに掻き曇った。ワイパーがせわしなく動くが、前方はほとんど見えない。バスは速度を落とすが、それでも昼間の闇を走る。ヘッドライトを付けて走るが、前方に人が現われても熊が現われても、たぶんぶつかる寸前まで分らない。

十分ほどだったろうか、バスは昼間の闇をゆっくりと走りつづけた。なんの前ぶれもなかった。突然、視界が薄明るくなり、雲の切れ間から陽差しが射す。陽射しのなかに雨はキラキラと降り注いでいたが、あっという間に雲ひとつない空になった。

バスが昼間の闇を走るあいだ、ねんこさんは目を閉じて何かを想うふうだった。

栗野の里は乗合バスの終点。ねんこさんとぼくは樹林のなかの道を少し歩いて、一軒だけの温泉宿に着いた。

大きな二階家の旅館に客がいるのかいないのか、姿を見なかった。一階の広い浴場にも入浴する人はいなかった。それでもぼくとねんこさんは別々に入浴。どういう理由があるのか、ぼくらが泊まる二階の廊下からは、舞台を見下ろす劇場の二階席のように一階の浴場が見えた。湯槽の脇に立て膝して体に湯をかける、ねんこさんの白い華奢な背姿を見た。

二人の部屋の外はすぐ里山だった。「寝るときは窓を閉めてくださいね」と配膳をする仲居さんが言った、「狐が覗くといけないから」。

その夜、ぼくとねんこさんは初めて体を交わした。

翌朝、食事を済ますと、ねんこさんとぼくは旅館の飼犬を連れて散歩に出た。オオカミ犬の名は「ふう太」。「ふう太」に引かれて樹林の道を行き、濃い緑の里山へ近づくと見晴台のある雑草の台地に出た。突然、鬱蒼とした木々の森に向かって「ふう太」が、うおーん、うおーんと狼の咆哮を上げた。森の中に何の影も見えなかった。吠え声はしばらくつづき、止んだ。帰り道はねんこさんがオオカミ犬のたづなを引いた。「狐がいたのですよ」と宿の人が言った。

帰路は往路とは外れて、乗合バスで国鉄（現ＪＲ）中央線の中津川駅に向かった。三十分ほどの車中、ねんこさんは会話もままならず、辛そうに目をつぶり続けていた。彼女が乗りもの酔いをする人であることを初めて知った。乗りもの酔いの癖が消えたのは、出産後だったろうか。

そういえば、前にも思い当たる場面があった。ねんこさんとの交際が始まって間もない頃のこと。高校時代の友人コウヤ君が漁港のある町で、同級生何人かにまぜて二人をハゼ釣りに誘ってくれた。漁船を借り切っての海釣りであったが、衣浦湾の内海《うち》なので波は静かであった。二時間ほど海の上にいて漁港の埠頭に帰ったとき、ねんこさんの顔色が蒼白なのに気づいた。でも、それが船酔いのせいであると、ぼくは思い付きもしなかった。

我慢強さは彼女の友人のあいだでも定評となり、「無理しないで」と心配された。二人の生活のなかでも、それはずっと続いた。末期がんを宣告された時も彼女の挙措に変わりはなく、見事な悟りだな、凄い人だな、とぼくは見当違いに感心していた。死が彼女に近づきつつある時でさえ、その日はまだ先の先と楽観しようとしていた。

満七十一歳をあと二週間という日に、ねんこさんは亡くなった。その四時間ほど前、看護師が声をかけると、体の管をすべて外されたねんこさんは、懸命に笑顔を返そうとしていた。定かでない意識のなかで耳だけ聞こえる彼女に、ぼくは声をかけずじまいに終わった。


部屋には床が二つ並べられ、大きい布団に母親が、小さい布団に赤児が眠っていた。としこさんと良である。

その日の朝、陣痛の兆候を示すとしこさんを、ぼくは自転車に乗せて一キロほど離れた産院に連れて行く。産院は坂道と橋の向こうにあった。産気が来るのはまだ先、と助産師が言ったかどうだったか。その日は同人雑誌『北斗』の合評会があったので、ぼくはそれに行く。四時間ほどの会合の間、産院にいるとしこさんのことをそれほど気にかけずにいた。夕方帰宅したぼくはすぐ、自転車を飛ばして産院へ。

　出産はまだと思いこんでいたぼくは、赤児の小さな顔を見て妙な気持ちに衝かれた。人の気配に目を開いたとしこさんは、ぼくを見て、とても切なそうな顔をした。ぼくはそのとき、きつい出産でひどく疲れているのだろう、そう思うことしかできなかった。

　あれは何時《いつ》、何処《どこ》だったろうか。冬の日だった。ねんこさんが駅のホームか公園か、赤児の良をねんねこ（半纏）でおんぶしてぼくを待っている。その姿が不意に、脳裡に現われたりする。

　ぼくが生まれて育って、二十三歳まで暮らした神崎の町には駅から海辺へと下る坂道がある。五〇〇メートルほどのその坂道の中間ほどにぼくの実家があった。ねんこさんとぼくは半世紀の間にその坂道を何回歩いただろうか。

　坂道は四十メートル幅ほどあったが、ぼくの小学生頃までは駅舎から海辺の酒蔵や精油工場に荷を運ぶ牛車、馬車が通うだけの砂ぼこりの道だった。二人が交際しはじめた一九五〇年代末頃に三輪トラックや軽トラックが通り始めるが、舗装されないままだった。ぼくの二階部屋にはぞうきん掛けする後から埃が浮いた。

　ねんこさんは結婚する前から神崎の家を訪れた。その折、まず部屋の掃除をする。ぼくの両親とも気さくに接し、よく手を貸した。それでぼくの両親は亡くなるまで、としこさんを気に入っていた。当時小学校だった末妹も、彼女になついてまつわりつき、登校するのを嫌がって駄々をこねたこともあった。としこさんが辛抱強く説得していた姿を思い出す。

　ある日、夕食の場で酒のせいもあってか、機嫌を損ねた次兄が荒らぶって弟ぼくを殴ったことがある。ねんこさんはその騒ぎを気にするふうもなく、炊事場で黙々と洗い物をしていた。

　別の日、それは祖母の通夜の日だった。たまたま放浪先から戻っていて祖母の死に水を採った次兄が、いろいろと場を差配していた。それに叔父（父の弟）が横槍を入れた。激怒した次兄が叔父に殴りかかろうとする。展開や、如何に、とぼくが興味半分に見ていると、ねんこさんがすーっと次兄に近寄って、二言三言、何か言葉を掛ける。すると、これまたすーっと次兄の怒りが消えた。「この子に嫌な思いをさせるわけにはいかないと、あのとき思った」と後日、次兄は語った。次兄は以来、ねんこさんを贔屓した。

ねんこさんは未婚時代から結婚当初まで、なぜか和服でぼくの実家を訪ねた。名古屋から東海道線で大府駅へ、乗り換えて武豊線で神崎までのディーゼルカー（当時）の車窓から景色を眺める彼女の着物姿を思い出す。洋装に変わったのは良が産まれてのち。

良は駄々をこねたり、何かをねだったりすることもなく、おとなの顔色を見る子で、保育園に入る前だったか、父子でスモウに戯れているとき、ぼくがひょいっと体をかわしたので、よちよち歩きの良がテレビに顔をぶっつけた。慌てたのは親父のほうで、抱き上げて詫びるぼくに、早く口の中のネバネバを拭け、と指図したのは息子であった。ティッシュには血が付いていた。

その良は小学校に入る頃まで〝おねしょ〟をすることがあった。三人が神崎に泊まると、ねんこさんは夜中、律儀に息子を起こして、しっこをさせていた。田畑を持つ祖母が生きていた戦前に建てた農家ふうの家屋の便所は屋外にあった。冬など二階部屋から用足しに行くのは大変。そこで、ねんこさんは窓を開け、良を立たせて深夜の屋根に放尿させるという離れ業を使っていた。それに気づいた母するゑは「おねしょはさせればいいがな。濡れた布団は乾かせば済むことだでなん」と言った。

夕焼けの道を若い女《ひと》が二人の少年と手をつないで行く。あれは良とどこの子だったろうか。

制服を着た女子高生が自転車に乗って、朝の陽を浴びながら堤防の上を走っている。その姿は次の場面では橋の上を対岸に向かう。

ねんこさんは自宅から二キロほどの高校に自転車通学をしていた。高校生のぼくが国鉄（現ＪＲ）名古屋駅の構内で四、五人の女子と共にいる彼女を見かけたのは、雨の日だったろうか。ねんこさんは人目を引く容貌の高校生だった。あるときぼくがグループに声をかけると、ねんこさんが代表してひとこと言い、そのまま無視された。「てんぷら学生かと思っていた」とは、ねんこさんの後のことばである。てんぷら学生とは「贋学生」のこと。当時のぼくを評して、妙であった。

自動車免許証を持たないねんこさんは「自転車の人」であった。「働く人」でもあったので、五度ほど変えた仕事先の往還は、雨の日も風の日も自転車のペダルを漕《こ》いだ。保育園児だった頃の良の送迎も自転車だった。彼女が在宅時には、前部に篭の付いた自転車は玄関内《うち》に家族のように置かれていた。

ねんこさんは高校を卒業すると、百貨店に勤めて一階の洋傘売場にいた。夫婦客に目をつけられて息子の嫁に、と請われたり、百貨店のファッション広告のモデルにさせられたりもして、五年ほど勤めた。そのころ衣装持ちであった彼女が、結婚後は一転してファッションをつましくした。箪笥に衣服が増え始めたのは四十歳を過ぎてからだったろうか。

良が保育園に入ると間もなく、ねんこさんはふたたび働き始めた。事務仕事は好きでなかったらしく、製糖会社、ホテル清掃、教育雑誌配達、自動車部品製造工場、食品会社などを転々しながら七十歳までパートタイマーの身分で働き続けた。ホテル清掃、教育雑誌配達は一年に充たなかったが、自動車部品工場、食品会社では持ち前の面倒見が幸いして親密な同僚もでき、仕事にも長《た》けて何がしかの立場を任されたようだ。

二〇〇〇年九月の東海豪雨の折、ぼくらの家は床上一三〇センチの浸水を被った。ねんこさんの勤務は夕方五時から一一時まで。浸水が始まったのは零時頃。ところが彼女は帰ってこない。玄関扉の下から一匹の蛇のように曲がりくねって浸入してきた水は、形を崩して徐々に土間を浸しはじめた。ねんこさんが食品会社から帰って来たのは水かさが二〇センチほどに達した頃。商品を避難させるのを手伝っていたらしい。「会社に尽くしても、会社は従業員の家のことは心配しないよ」ぼくが難詰すると、彼女は少し目を伏せたが、すぐに階下のあれこれを二階に運びはじめた。

水は十三段あるその二階の階段を昇ってきて、あと五段ほどのところで止まった。電気の消えた闇のなかを昇ってくる水を見ながら、なぜかぼくは蛇とも人ともつかない顔を幻視した。それ以前に夢の中で出会った記憶がある、あの面妖な貌はなんだったのだろう。

水に閉じ込められた三十七時間、家族三人は二階の部屋で過ごした。口にするモノも為すすべもなく、徒手空拳の状態だった。ねんこさんはそのあいだ肝を据えたように、壁に凭れて瞑想するふうだったり、仮眠を取ったりして、ほとんど沈黙していた。ぼくは窓を開けて、道路の水位の減り具合を神経質に確かめていた。

水は翌日午後に引いた。階下は惨憺たる状態だった。顔に疲労の色が浮かぶねんこさんだったが、すでに片付けに体を動かしていた。タフな人だなー、とぼくは思う。

翌朝、公営マンションの上階に住んで難を免れた、ねんこさんの同僚「黒ちゃん」が握り飯と味噌汁を携えて応援に来る。それを皮切りに、ねんこさんの高校時代の友達が来る。ぼくの友人、活動仲間が来る。見知らぬボランティアの人が来る。ぼくらの家は大にぎわいになった。遠方の静岡県から小学生の息子を連れた母親が来て後日、手紙と新茶が送られてきた。「何の役にも立たず、かえって足手まといになったかと気になりましたが、あのような災難のなかでも明るく振る舞われる奥様に救われました。息子もよい経験になったと思います。ありがとうございました」と書かれていた。

にぎわいは一週間ほど続いた。ねんこさんはこまめにお茶を出していた。水害でぼくの蔵書五千冊ほどが、紙の瓦みたいにだめになってしまったが、ねんこさんはそれについて何も感想を言わなかった。


ねんこさんは「奉仕する人」でもあった。

五十歳頃であったろうか、ボランテイア活動に邁進するようになったのは。ヘルパーの資格を取得したのもその頃であった。二級ライセンス（アシスタント・ヘルパー）だったので直接身体に触れる介添えはできなかったが、自治体から委託されて独居老人宅の「安否確認」に廻った。あちらこちらの路地をぬって走る自転車の彼女が浮かぶ。

ねんこさんが精を出したのは、自前のボランティア活動だった。

地元の重度障害者施設と特別養護老人ホームのボランティアが始まりだった。

無認可であった障害者施設の女性施設長が町議会選挙に立候補すると、ねんこさんは宵の口、知人の家、未知の家の関わりなく戸別訪問する。人を悪く言うことの少なかった彼女が選挙事務所で雑談にふける支援者をめずらしく批判して、自分は動くことを優先した。施設の若いスタッフらも「火の用心、さっしゃいませ」と徒歩で路地をめぐるみたいな、やわらかな選挙運動を展開して施設長は当選。何期か議員を務めるうち、不認可施設は認可施設となって規模が大きくなった。

特養老人ホームのボランティアはグループ四，五人で通った。二十キロほど離れたそこには、さすがに自転車ではなく仲間の車で。特養老人ホームの入所者に全盲の女性がいて、「たまちゃん」と呼ばれるその人からしばしば電話が来る。ねんこさんはときどき合槌《あいずち》を返して、一時間ほどが過ぎる。ねんこさんが亡くなって数日後、「たまちゃん」から電話が来る。ぼくが亡くなったことを告げると、受話器の向こうの声が絶句し、すすり泣きとともに電話は切れた。

「男性のための料理教室」と称するボランテイア活動が市の会館を借りて開かれた。定年退職したりパートナーを亡くした男たちの「教室」である。仕掛け人はねんこさん。彼女は動いて仕掛けるが、場の表に出るのは恥じらって裏方に廻る人だった。彼女が亡くなってからも「教室」は世代をつないで、続けられている。せっかくの「教室」なのに通わなかったので（ねんこさんが誘うこともなかった）、ぼくは今もからきし料理ができず不便している。

友だち作りの達人は人集めの達人でもあったので、他の活動グループから人手を頼まれると、たちまち数人を集めて駆けつける。障害者支援の集会、災害時のレスキュー隊などである。ぼくは「ボランティア人夫出し業」と皮肉る。

自分より家の者、家の者より他人、というのがねんこさんの優先順位であった。それをぼくは、ジコチュウならぬタシャチュウ、と呼ぶ。ジコチュウとは自己中心主義、タシャチュウとは他者中心主義の意である。彼女は〝世間体〟を気にする傾向もあったので、それと他者主義との見分けが付き難いことがあった。彼女の〝世間体〟とは、たとえば何かを頂いたら些細なモノでも必ず返礼し、謝辞を述べる。入院中に見舞いに来た人には、その場にいなかったぼく（家の者）にもお礼を言うよう求める。自分の言動が他人の感情に与える影響を気にかける、および過度に配慮する、などである。

あれっ？　いつのまにか玄関の自転車と本人が消えている、いまさっき居たのに。そんなときはしばしば「風邪引いて家を出られないの。買い物頼める？」といった電話が友だちから入ったときである。

ねんこさんの母（ぼくには義母）は熱心な天理教信者で、玄関には△△分教会という大きい標札が出ていた。義母が宗教に入った理由は定かでないが、性格には社会生活となじまないところがあった。

義母は行事の際に義父、義兄ら家族を巻き込むようであったが、家族はお付き合い程度の様子であった。中ではねんこさんがいくらか素直に母親に従った。彼女の性格がそうさせるのだろう、親孝行の一種なのだろう、とぼくは高を括っていた。ところが、ねんこさんとぼくが一緒になって五年ほどのち義母が亡くなっても、彼女は「親孝行」を続け、やがて「宗教二世」になった。

しかし、ねんこさんの奉仕の精神や他者主義は、天理教のそれとは関係ない。信仰以前の、人柄の原初のものであった。

ぼくは徹頭徹尾、天理教を厭悪した。「愚民化宗教集団」と揶揄した。それでも彼女の「信仰」を奪うことはしなかった。彼女もぼくを「信仰」に誘うことはなかったし、彼女の振る舞いは宗教的帰依というよりも世話好きの人の生活様式と思えるところがあったから。

ねんこさんの生活は、リアリズムに徹していた。家計はぼくの収入でまかない、月々決めた金額をパート収入から貯金していた。アシの出ることもあるらしく、ちょっと沈んだ顔をして、一万円ほどカンパしてくれない、と言ったりした。老後のための蓄えを考えていたのだろう。死後、ぼくと息子良それぞれの名義の銀行口座とぼくの配当金付き生命保険が残されていて、そのやりくり上手に低頭させられた。リアリストねんこさんは、小説など絵空事と踏んでいたらしく、ぼくの著作には一顧だにしなかった。ブランド物など身に着けなかったけれど、服飾のセンスは友人から評価を得ていた。

ねんこさんが遺したノートには、彼女の友人や親戚の電話番号、一週間ごとの献立予定表、各種ゴミ出しの曜日など暮らしの細々《こまごま》とともに、「自由にさせてくれて、ありがとう」と記されていた。信仰、ボランテイア活動など「外の人」を全うできたことへの感謝なのだろう。彼女の死後にその言葉と出合って、かつてのぼくの背信はいくらか相殺されたか、と虫のいいことを思ったが、去ってしまった彼女に「自由にさせる、させないの問題ではないよ」と応えることはできなかった。

そろそろ潮時ね、と七十歳のねんこさんは言った。働くことに区切りを付ける、ボランティア活動を縮小する、そのどちらのことだったたか？　あるいは両方を含めて言ったのだろうか？　これからは旅を愉しみたいね、と言ったのはたしかだった。老齢になったら遍路旅をしてみたい、と話し合ったことをぼくは憶いだしたが、数か月後に彼女は逝った。

薄闇の夕暮れだ。憑かれたように女の人が線路のうちを歩いている。男が追いかけている。背後で踏切の警報が鳴って、遮断機が降りはじめる。男が女の体をとらえて必死に線路の外に逃れようとする。二人のすぐ脇を電車が走り抜ける。

あの時、ねんこさんは本気で死のうとしたのだろうか。ぼくが必死で引き止めるのを頼りにしているようでもあり、懸命にぼくを振り切ろうとしているようでもあった。彼女の顔は蒼ざめ、正気を失った人のようにうつろな眼《め》をしていたのはたしかだ。

何かが取り憑いたように彼女が感情をはじけさせる場面をぼくは二度ほど見た。彼女の母が亡くなったとき、別れの棺に取りすがって、ことばにならない声で慟哭しつづけた。兄の妻（彼女の義姉）が亡くなったとき、彼女は棺の中の人に向かって号泣しながら生前の自分の振る舞いを詫びつづけた。いずれも彼女が三十歳、四十歳頃のことだ。

夕闇の線路で絡み合う二つの影を思い出すたび、ぼくは懺悔の気持ちに圧される。自己嫌悪の淵に滅入り込む。

なぜぼくは相手の女《ひと》を変えながら、ねんこさんへの背信を繰り返したのだろう？　繰り返されたそれは、通りすがりの出来事のように消えた時間であったり、十年ほどもぐずぐずと続くものであったりしたが、ぼくから誘いかけたことはなく誘われての背信だった。それは勿論、弁明にはならない。ぼくは知人や活動仲間との交友の中でしばしばその家に泊まることがあったので、その流れのなかで女性宅を宿にしたと言えなくもない。勿論、そんな弁明は許されざる欺瞞だ。ねんこさんは性生活に淡泊であった、彼女のほうから夜の営みを求めることもなかった、それで他に愉楽の時を求めたというのなら、それは罰当たりだ。

　今にして振りかえれば、男のエゴイズムと性欲の罪の虜《とりこ》になっていたと、ぼくは羞恥する。

　ぼくの背信を知ると、ねんこさんは相手の女の所在を突き止め、訪ねては抗議した。なんとも脳天気なぼくは、ねんこさんがぼくの行状を気にしない人だ、と勝手に思いこんでいた。それで備忘と予定を記す手帳に「H宅で一泊」などと書き留めていたほどだから。

　ある日、ねんこさんとぼくの結婚を祝う日に友人たちが寄せ書きしてくれた色紙が破られていることに気づく。彼女の眉間に一筋の横皺ができていることに気づく。気丈なねんこさんが、ぼくの父や高校時代の恩師、友人知人に窮情を訴えていたことをのちに知る。

　ねんこさんは本気で離婚を考えていたのだろうか。彼女から家庭裁判所への同行を促されて、はじめて彼女が家裁の調停員に相談していたことを知る。ぼくより少し年長の調停員は眼鏡の奥の目尻に光るものを見せてぼくを説諭した。ぼくに離婚の意思はみじんもなく、生まれ変わっても結局、ねんこさんを共同生活者に選ぶだろうと思っていた。

　ぼくが性欲の罪から解放されて、男のエゴイズムを自虐するようになったのは、遅きに失して五十歳を過ぎてからだった。

　ねんこさんは、ぼくを許さないままにあちらへ行ったのだろうか、許してくれて行ったのだろうか。彼女は晩年の十年間ほどぼくの背信を一切、口にすることなく、二人の関係は平静な日々であったが。

　遺影は何も話さない。笑みかけるだけである。

　ねんこさんが電車のなかで窓外の風景をぼんやりと眺めている。地下鉄のなかで目を閉じて静かに座席に掛けている。そのとき彼女は何を考え、思いめぐらしていたのだろうか。過ぎてきた人生のあれこれだったろうか。彼女を待ち受けている最後の時であったろうか。あるいはぼくと良のこれからだったろうか。

　ねんこさんは透析治療のために一時間近くかけてがんセンターに通い始めて当初、何かの所用があってどこかに出かけるふうに独りで通った。それが困難になると、ようやく車での送迎を良に頼んだ。

ねんこさんは辛抱する人であり、家人にも遠慮する人であった。四十歳頃、下《しも》の出血を我慢して大事になったときもそうであった。夜、突然、眼球が見開き、上向いたまま停止した。驚いたぼくはタクシーを呼んで日赤病院に急行する。即時入院、医師いわく「なぜこれまで放っておいたのか。出血多量で命に関わる寸前だった」。

がん罹患のときもそうだった。目に見えて痩せはじめ、ぼくが「精密検査を」と何度、促しても、なぜか彼女は受け入れなかった。知人の医師がぼくに言った、「おまえが悪い」。早々にぼくは、首に縄を付けてでも彼女を病院に連れて行くべきだったのだ。闘病のなかで彼女は言った、「前に一度失いかけて、もう一度生かされた命なのよ」。

あの言葉が生まれた真の意味は何であったのか？　悟りなのか、諦念なのか、あるいは性格の気丈さなのか、あるいは他者には慮《はか》り得ない、精神の在りようがあったのか。

ねんこさんがM病院でがんを指摘されてから治療に入るまで二か月ほどの空白があった。がんマーカーが重篤の値を示しているのに部位が判らなかったのだ。県がんセンター、ＪＲセントラル病院など高度な機器を備えた医療機関をめぐってふたたび県がんセンターに戻って、胆管がんであると判明した。その間にも進行したのだろう、「余命数か月」の宣告であった。

息子良が母のケアに終日、献身した。がん治療で名高い東京のK大学病院への転院を勧めて準備をしたとも聞く。それはねんこさんが渋って実現しなかったが、闘病中の彼の生活は母とともにあった。ぼくはねんこさんが通院の頃、家で彼女の体をマッサージしたり、入院時には良と交替で付き添った程度で、なにかの献身をしただろうか。

ぼくと息子とは異常なディスコミュニケーションの関係にあって、闘病中の事態のあれこれはねんこさんから伝えられた。医師から「最後通告」の説明があった日も、ねんこさんから連絡が入った。「父さんを呼ぼうと言ったが、良はぼく一人でいいと言ってる」と彼女が言う。それでもぼくは駆けつけるべきだったのに、同席せずに終った。

せっかく母親のケアを全うしようとしている良の気持ちを損ねることをおそれたのはたしかだ。しかし、ぼくの心のどこかに息子の献身に頼って、それを幸いに、おのれの日々の安穏を守ろうとする打算とエゴが働いていなかった、と言い切れるかどうか。いや、いや、疑問符ではない、あきらかにぼくは利用し、逃げていたのだ。

ねんこさんが入院中、二人で交わした時間の記憶が疎《まば》らで薄い。たしかに良と交替で毎日のように付き添った。しかし、あとのない時間なのに、どれだけの話を交わし、遺し得たろうか。同行二人の五十年。それを振りかえって笑ったり詰《なじ》ったり、詫びたり許したり、そういう密な時間と心の寄り添いに欠けていた。

まだねんこさんが共同病室にいた頃、ほかの患者は入れ替わるのに、彼女は病室に残されつづけた。「置き去りにされてるみたい」と彼女はうすく笑ったけれど、新しい患者が来るたびにその都度、彼女は親しくなるらしかった。若い女性が熱心に「こころの救済」について話してくれる、特意の聞き上手で相槌を打っていると、その患者はある新興宗教の信者で、ねんこさんを勧誘しているらしかった。別の日、ねんこさんに頼まれて、売店で菓子を買って届けると、依頼された菓子ではなかった。自分で食べずに同室の誰々さんに上げてしまった、と言う。

記憶に残っているのは、そんな小さなエピソードだ。容態が激変して一人病室に移ってからは、ただ変わりゆく彼女を見守るばかりで会話の記憶がない。心のどこかで、ねんこさんは死なない、と思っていたような気もする。

一人部屋に移って彼女がまだ声を出せる頃、見舞いに来た△△さんに会ったらお礼を言ってね、と彼女が言う。その△△さんの名が聞き取れない、渡したメモ用紙に彼女が書いた文字はひどくゆがんでいて、正確に読めなかった。あの時、ねんこさんはすでに意識の朦朧が始まっていて、文字を書く力を失っていたのだろう。あの時、あの場で、ことの痛切さをぼくは心底、感受していただろうか。

病室のその人は瞑想するふうに目を閉じている。寝息は聞こえないので眠ってはいないらしい。表情に険しさはみじんもないが、顔は変色し、別人のように容貌が衰えて変容している。

前日まで体のあちこちにつながっていた管がすっかり外されている。生前、ねんこさんとぼくは、どちらが先に逝っても、お互い延命治療は止《や》めようね、と話し合っていた。彼女はそれを実行した。息子良の同意書を添えて医師に申告したのだ。

ぼくはねんこさんの顔を眺め、すっかり肉を削がれた病衣の中のからだを想像する。ねんこさんは何を瞑想しているのだろう？　ぼくは彼女を見詰めつづける。

看護師が入ってきた。看護師がねんこさんの耳元に口を寄せて名を呼ぶ。ねんこさんが笑おうと必死に目と口と頬を動かす。表情が微かな笑みになる。

その様子を見て、ぼくはなぜ、あんなことを言ったのだろう。「危ないですね」。ねんこさんの最後はまだ遠いと思い込もうとしているのに、不用意な言葉が出た。なぜ気持ちとことばの転倒が起きたのか、いまもはっきりと解らない。

とっさに看護師がぼくを廊下に誘い出し、叱責した。「意識はもうろうとしていても、耳は聞こえているの」。あの場面がいまもしばしば憶い出されて、自己嫌悪がぼくをおそう。

翌々日だった。午前一時過ぎ、付き添い中の息子良から「危ない」との電話が入った。深夜の道をタクシーで四十分ほどのがんセンターに走る。「一番近い抜け道を行きますね」。県がんセンターまで、と告げるぼくの様子に何かを感じたのか、ドライバーが言った。

五階の病室は真っ暗なまま人の気配もなく、ナースセンターに向かうと、良が公衆電話室にいる。葬儀社と打ち合わせをしているらしい。話し終えた彼が案内したのは霊安室。ねんこさんはすでに棺《ひつぎ》の中に居た。

デスマスクは変わり果てているとは言え、ぼくの目には発病前の彼女をはっきりと彷彿させる。無念の影はなく、静謐な表情を浮かべている。神々《こうごう》しいという言葉はたしかにあるのだ、とぼくは思った。

ねんこさんは、良からぼくに電話が入ったあと間もなくに逝った。

二〇〇八年三月七日午前二時。享年七十歳。

おはよう。遺影に手を合わせる。

今朝は頭の裡に何も聞こえないな、と思いながら未練たらしく手を合わせつづける。すると、おやっ、ねんこさんの声が聞こえて、ぼくに話しかけてくる。「そちらにいたとき出会った人は、みんなこちらに来たみたい。でも、あなたはそちらでゆっくりしなさいよ。遠慮せずに生きて、その時が来たら、こちらに来るといいわ」。

七月八日、猛暑日

黄《ファン》 英《ヨン》 治《チ》

　最近の記録には嘗て存在しなかったといわれるほどの激しい、不気味な暑気がつづき、そのため、自然的にも社会的にも不吉な事件が相次いで起こっていたこの夏の、幾日か目の熱帯夜――。

　蔡龍俊《チェヨンヂュン》は、耳元の遠く近くに、微かではあっても、生理的な不快と嫌悪をもよおす耳障りな高い音を聞き、暑気にうだって海綿のようになっている脳の奥の方へと、意識が、夢の閾を越えて戻ってくるのを感じた。プルーストの『失われた時を求めて』の抄訳版の二冊目を、設定できる最長時間＝四時間のタイマーをかけた扇風機が、首振りに合わせて送ってくる生暖かい微風を、額と頬と文庫本を持つ手の甲に感じながら読んでいたはずだが、あっという間に眠りの世界に滑り込んでいたらしい。眼を開けたが、闇が見えた。だが、真っ暗闇ではない。南のベランダ側の掃き出し窓と、東側の腰高窓の網戸を通して、マンションの周辺に灯る街灯の弱い光が、部屋に忍び込んでいるからだ。部屋の灯りは消えている。ヨンヂュンの隣で、森崎和江コレクションの『精神史の旅―地熱』を読んでいたはずの妻の河美雪《ハミソル》が、眠気の訪れでシーリングライトのリモコンを操作したのだろう。

　暑気に湿気をはらんだ鈍重な空気が皮膚を圧迫している。風が感じられない。扇風機の風切り音が聞こえない。タイマーが切れている、ということは、午前二時過ぎになるか……？　また微かで不快な、プーンという高い音が耳元を掠めた。全身が粟立つように慄く。蚊がいる！　そう悟ったとたん、右足の踵に強い痒みが走った。同時に意識のなかに激しい殺意が湧き、沸騰した。奴を殺さないと、安心して眠られない。この世界で、躊躇なく消えてなくなって欲しいと願う存在は、蚊だ！と、いつも思っている。躰は寝汗でべたついているが、扇風機はつけられない。扇風機の微風でも蚊はあおられて、捕捉しにくくなる。とにかく灯りを点けて、それに驚いた蚊をどこかに止まらせる。そして、おれの血を吸って、血の色に染まり膨らんだ縞模様の腹のそいつを、叩き潰さなければならない――。

　ヨンヂュンは枕元を探って、まずは眼鏡をかけ、次に灯りのリモコンを手に取って、ゆっくり躰を起こした。そうしてシーリングライトを灯し、思わず、ええっ、と声をあげた。ベランダ側の網戸が全開になっており、隣に寝ているはずのミソルが、足をこちら側に向け、躰の半分をベランダに出して仰向けになっている。数年前に脳梗塞を発症した彼女だ。なにか異変があったのか……？　とたんに襲ってきた不安で、ドクドクと耳の奥を叩き始めた動悸を聞きながら、四つん這いで妻に這い寄る。すると、意外にも落ち着いた寝息が耳に届いた。ご丁寧にも枕をベランダに置いて頭をのせている。しかし、彼女の躰は斜めになっており、頭が幾分下がった状態にある。こんな姿勢でもこの人は安らかに眠れるのか？　いや、やはりどこか悪い、のか？

　――おい、おい！　ミソル、どうした？　どこか痛いのか？　苦しいか？　大丈夫か？

　矢継ぎ早に言葉をかけながら、ベランダに左手をついて、右手で肩を揺さぶると、相手は迷惑げに顔をしかめた。うーんとうなり、眼をまぶしげに、ゆっくりと半開きにした。

　――ああ……ヨンヂュンさん。どうしたの……？

　脳梗塞によくある呂律が回らない風ではなかった。単に寝ぼけている。異変はなさそうだ。ヨンヂュンは、ほっと息を吐いた。ミソルは、躰を半回転して手をベランダについて起きあがると、寝ぼけ眼《まなこ》のままで枕を持って部屋に入り、網戸を閉めて蒲団に座った。ヨンヂュンに安心がくるのと、怒りが湧いてくる時間差は、ほとんどなかった。

　――なんであんなとこで寝てたの？　網戸を開けっ放しにしてたから蚊が入ってきたじゃない。ほれ、ここ、踵見てよ。喰われたよ。すごくかゆくて眼が覚めちゃったじゃない。

——ああ……そうなの？　ごめんね。ミソルはヨンギュンの踵の赤く膨らんだ蚊の吸血痕をさすりながら続けた。だって、あまりにも暑かったから……。なんの悪気もない口調。

——あまりに、暑かったたって……？　なら扇風機つけて微風を強風にするとか、首振りをやめて自分に風を集中させるとかすればよかったんじゃないの？

サプライズ好きで、ときに突飛なことをしてびっくりさせるミソルだが、今夜の無意識のサプライズは特別だ、とヨンギュンは、呆れてため息をついた。

——ああ、ねえ、そうだよね……。なんでベランダへ出たのやら……でも、そこは部屋よりも涼しかったのよ。そう言いながら、いつもの場所に枕を置いて横になり、眼をつむってしまった。いま何時……？

——二時二十分だよ。電波時計のデジタル表示を読んで、ヨンギュンがつっけんどんに応じた。

——二時二十分か……もう少し寝ようよ。ヨンギュンさん、扇風機つけて……。

——この人は子どもみたいに……おまけに命令かよ、まったく。還暦過ぎた人じゃないよ。憤りと呆れが感情の天秤ばかりを平行にした。

——扇風機はちょっと待ってくれ。まず蚊を退治してからじゃないと、おれ、安心して眠れないの知ってるでしょ。

——はいはい、わかったから、早くやっつけて……。言い終わる間もなく、ぐぐぐ、と彼女特有の寝息を立て始めた。

この人には敵わない、とまたいく度目かの小さなため息をついて、ヨンギュンは部屋いっぱいに敷かれた蒲団の真ん中に座った。そして耳を澄ましながら視線を、壁から箪笥、鏡台、チェスト、押し入れの襖へと巡らせて、いるはずの蚊の黒点を探した。ひと巡りさせて見つけられず、いったん灯りを消した。奴は動き出すはずだ——。耳に神経を集中する。ミソルの規則的な寝息が聞こえる。プーンという微かな羽音が、耳の後ろから来て、顔の前を横切った。リモコンで灯りを点ける。羽音が消えた。視線を巡らす。いた！　洋服箪笥の中段に黒点があった。腰をあげ、息を殺して近づく。逃げるなよ！と念じながら、箪笥を平手打つ。掌の薬指と小指のつけ根あたりに、プチトマトを押しつぶしたような手ごたえ——生温く不快な感触が貼りついた。掌をかえす。押しつぶされた蚊の腹からの血が掌紋に染み出して、赤い筋をつけていた。箪笥にも血が一円玉ほどに丸く広がっている。ティッシュペーパーで掌と箪笥の、蚊の腹に吸い取られていた自分の血と、蚊の体液が混ざった染みをふき取る。そして、やっと扇風機をつけた。ある意味、やはり一種の殺戮に緊張して汗ばんでいた肌に、扇風機の生ぬるい風ではあっても、一瞬の涼がもたらされた。ミソルにもちゃんと当たるように首振りの範囲を調整し、タイマーを二時間にセットして、灯りを消した。

　横になって眼を閉じたが、瞼の裏で煌めき律動する、闇の万華鏡が脳を刺激し続けて、なかなか眠りが訪れてこない。蚊への殺意の実現によって得た、大きな満足を思った。だから蚊に怯えず、安心して眠られるじゃないか――。

　この時間、マンションの西面に沿って走る、常磐線の快速線と緩行線が並走する複々線の線路は静かだ。今日は保線作業の機械音も、人の声もしない。あと二時間もすれば快速も各駅停車も、始発が走り出す……。最近の記録には嘗て存在しなかったといわれるほどの激しく不気味な暑気も、この時間になると、さすがに少し手を緩めてくれているようだ――。ヨンギュンは躰の右側を下にする、いつもの横寝の姿勢になって、ゆっくりと意識の閾をまたいで、無意識――夢の世界へ滑り込んでいった。

　ヨンギュンの索敵行動から逃れて死を免れた蚊が、もう一匹いた。生き延びた蚊は、ヨンギュンの寝息の、飲酒で濃度を増している二酸化炭素を頼りに彼に接近し、左のふくらはぎにとりついた。そして、卵を産むための栄養素を取り込むために、ノコギリ状の針を微細に上下振動させながらヨンギュンの皮膚をサクサクと切り裂き、針全体を皮膚のなかに差し入れて、温かく新鮮な血を吸い始めた。

　蔡龍俊《チェヨンギュン》と美雪《ミソル》が暮らす、築四十九年になる七階建てマンションの五階、四十五平米ほどの二DKの部屋。そこは敷地に駐車場を確保するために鍵型に建てられた建物の、鍵のでっぱりの位置にある南西角部屋だった。この部屋には、東側にも短い鍵型の分だけの幅の腰高窓がついていた。建物の南側と西側に眺望は開けており、遠くに富士山が見えもするが、西面は快速線と緩行線が並走する常磐線の線路に、歩いて五分ほどの各駅停車駅へ向かう一方通行の道路を挟んで隣接していた。この部屋は、ふたりが結婚するとき新居として、かなり無理をして購入したものだった。当時はまだバブルの余韻が漂っており、すでに築十九年目の中古物件であったにもかかわらず、二千五十万円という高値がついていた。「駅に近く、陽当りもよいが、とても手が届かない」と、身の丈に合った賃貸物件を主張したヨンギュンに対して、「家賃を払うより、少し無理をしてでも購入すれば財産になる」と、在日一世のミソルのアボヂと一世に近い二世のオモニが説得にやってきた。ミソルは小さなパチンコ屋で子ども五人を育てあげた両親の処世訓を受け入れた。ヨンヂュンはそれに同意するしかなかった。

　ミソルは、当時は養護学校と呼ばれていた都立特別支援学校の非常勤講師で、住宅ローンの申請書に、職業を「教員」、職場を「都立K養護学校」と記載することができた。それを銀行の融資係が、非正規職に過ぎない非常勤講師を「公務員」で「教師」と勘違いしたのか、わずかな頭金で三十五年ローンの審査が通った。ヨンヂュンはそのとき、在日K青年同盟の専従幹部《イルクン》で、「活動費」と称された給与の手取りは低く、当然、貯金はなかった。そのため、新居購入や家具と寝具、電気製品などの調度品の調達に、寄与のしようもなかった。その負い目だけではないが、生活全般、世事との面倒で多難な渡り合いにおいて、巧みではありながらも、根本においては常に利他的に処して、結果的に自身への信頼と親愛をかち得るミソルが示す生活指針に、ヨンヂュンは全面的に従って暮らしてきた。そんなミソルは、ヨンヂュンの民族運動――土日に集中する集会やデモ、地方への出張が多い活動スタイル――に不満を吐露することはなく、「対人活動」の口実だった頻繁な酒席の深酒が過ぎることへの厳しい注意以外は、協力し、支援していた。そこには、在日朝鮮人として生まれ、暮らしてきたふたりの――民族学校に通わなかったがゆえ余計に、大人になるまで朝鮮語を知らず、学ぶこともなく、差別に脅え、身構え、あきらめ、隠し、逃げ、苦しみ、悲しんだ、〈在日朝鮮人に共通する状況〉を、なんとか打開したい、という、相通ずる願いがあったからだった。

　このマンションに住み続けて三十年。住宅ローンは、ミソルがやりくり上手を発揮して、十五年前に完済していた。組織から渡される活動費の封筒の封を切らず、そのままミソルに渡して小遣いをもらう生活のヨンヂュンが、ローン完済を知ったのは、ミソルのダブル／トリプルワークの開始時だった。「なぜ教えてくれなかったのか」と、非難めいた口調で問うヨンヂュンに、ミソルは、ふんと鼻から息を吐いてから、「あなたが調子に乗って、小遣いをもっとくれと言い出さないとも限らないから」と、完璧に楔を刺して、沈黙させたのだった。

　万事に鷹揚で、商店街の真ん中の、騒音に満ちたパチンコ屋の二階、という環境で育ったミソルとは違い、田舎育ちで神経質なヨンヂュンにとっては、複々線の常磐線の騒音は想像を絶するもので、大きな苦痛だった。それに加えて電車へ電力を供給する高圧線が発する電磁波は、電車が通るたびにテレビの画像を虹色に変色させるほどに強い、ということに驚かされ、健康への悪影響を危惧した。
特に当時、緑一色に塗装されていた十五両編成の快速電車の騒音は、暴力的にさえ思えた。下りの快速電車は、停車駅である隣駅を発車すると、法定最高速度の百十キロへ到達するためにモーターの出力を最大にする。一方、上りの電車はマンション横をフルスロットルで通過する。遠くからスズメバチの羽音に似たブーンという低音が近づいて来る。そのうち音はジュアーという中、高音へと変化し、電車がマンション横を通過するときにはギャーンという、振動さえ伴う騒音となった。モーターの絶叫は通過するまでに九回を数える。十五両編成の快速電車にはモーター付きの車両が九両連結されているからだ。通過する時間は短くとも、主要幹線である常磐線のダイヤは過密であり、上りが通過すると、間髪を入れず下りが来るし、快速の上りと下りがマンション前ですれ違えば騒音は倍となり、それに緩行線の走行が加わる。ひどいときには、快速線と緩行線のすべてが列車で埋まり、間断なくすれ違う〈魔の時〉さえ存在するのだった。

ふたりの息子が、朝鮮学校の初級部の低学年のあいだは、線路側とは反対の六畳の和室で、ミソルと息子たちがつくる川の字の上に、ヨンギュンが横棒を引く形でなんとか眠っていた。長男の蔡青史《チェチョンサ》が中級部に進んで、身体的に急激に成長し反抗期に突入すると、部屋の手狭さは耐え難いほどになった。といって、引っ越しできるほどの余裕があるはずもなく、窮余の策として二段ベッドを線路に面している洋室に入れて、そこを子ども部屋にした。すると家族がくつろげる場所は、玄関を入ってすぐの七畳半のDKだけになった。狭い空間で、反抗期を迎えたチョンサとヨンギュンの諍いは、ときに激しく衝突し、ふたつ違いの次男の明史《ミョンサ》がとばっちりを受けて、長男に部屋を追い出されるようなこともあった。

子どもを朝鮮学校へ通わせることは、公的補助がほとんどないために、日本の私立学校へ通わせるのと同等以上に学費がかかる。それでも自分たちが受けられなかった民族教育を——とくに朝鮮語と民族文化、情緒を身につけさせたいと、ヨンギュンとミソルは、息子たちを朝鮮学校へ送ることをためらわなかった。しかし、それに対して、ほとんどが日本に帰化していたヨンギュンのきょうだいと親族からは、冠婚葬祭で顔を合わせたときなどに、「日本で生活しているのに」「まともに就職できなくなる」「親の愚かな判断で子どもの将来が塞がれる」といった強い反対や、「日本人拉致の北朝鮮を支持するのか」という、嘲弄ともいえる反応が襲ってきたのだった。

ヨンギュンは青年同盟を卒業すると、上部組織の民主統一連合の専従へと移行したので、実入りは変わらない。ミソルは長男が高級部へ進学するタイミングに合わせて、非常勤講師のほかに、市の資格講座の講習を受けてホームヘルパー二級の資格を得て、都内にある区立の障がい者支援施設にパートとして土日を中心に週三日勤務し、学費と生活費の補填をした。こうしたダブルワークの決断を、ある意味、暴力的に「後押し」したのは、チョンサが高級部三年へ進級時、ミョンサが一年入学時に適用されるはずだった、朝鮮高校の高校無償化制度の適用が、もたもたと延期されていたことがあった。そして、政権を投げ出すように退陣しておきながら、五年三か月ぶりに首相に返り咲いた安田巧三《やすだたくみ》氏の連立政権が真っ先に行った、問答無用の朝鮮高校の高校無償化制度からの決定的な排除と、この官製ヘイトを「根拠」に東京、大阪を始めとする地方自治体が、一斉に朝鮮学校への補助を停止したことも、追い打ちをかけた。朝鮮大学校への進学を望んだチョンサの願いに応えるため、ミソルは焼肉屋をへて穴子飯屋で週三日、夜間のパートを始め、トリプルワークとなった。

その間、ヨンギュンは、組織の責任者から財政悪化の告知が正式にあったこと――それは希望退職を募ることだったわけだが――を受けて、民主統一連合の専従職をすすんで辞した。この決断は、ずっと心に秘めていた著述を生活の中心にすえたい、という願いからだった。だが、そこにミソルの苦労と努力への配慮や思いやりがあったのか、どうか？　なかったとしか言えない、と後年、ヨンギュンは恥ずかしく回想することになるのだった。そうして始めた著述中心の生活――といって、在日二世の聞き書き、同胞誌からのエッセイの依頼原稿、書評紙への書評の執筆などで得られる実入りは、微々たるものでしかなかった。むしろ同人誌への掲載料や、印税を本の現物で支払ってもらい、それを手売りでなんとかペイする小説の出版のため、仮払いではあっても、まとまった出費をしなければならなかった。

ヨンギュンは折に触れて、額は低くとも定収入がなくなってしまうが、組織を辞めて書くことを中心にしたい、とミソルに打ち明けたときのことを口にする。

――そうしたら、あなたは、驚き……いや怒りかな？　そんな感情を抑えて、努めて表情を変えないようにしているように見えたけど、少し間をおいて、「うん、大丈夫だから……」って言ったよね。そのとき、息子ふたり、朝鮮大学校に通っていたからさ、反対されると思っていた。おれ、それに倚りかかって、すごくほっとしたな。

――そんなこと言ったっけ？　……言ったとしたら、それは強がりだったと思うよ。実際、子どもたちの学費のことを考えると、不安でしかなかったからね。でもヨンギュンさんの小説も書評も、エッセイも、わたし大好きだから、駄目だとは言えないでしょ。「大丈夫だよ」って言うしかなかったのかな……。

そうして、まずチョンサが、東日本大震災の年――そのせいでひと月遅れての開講となった朝鮮大学校に入学して寮生活のために家を去り、その二年後、ミョンサも朝大の短期学部に進学して寮生活を始めた。ふたりは同年に朝鮮大学校を卒業すると、この部屋には戻らず、チョンサは同胞の社長が経営する配送会社、ミョンサは在学中に取得した初任者研修の資格を活かして介護老人保健施設に就職して、それぞれがアパートを借り、自立した。

線路側の洋室の二段ベッドを解体し、ひとつ残っていた学習机と合わせて市の粗大ごみ収集に出すと、妙にがらんとした、見慣れぬ空間ができた。掃除機で綿埃を吸い取った後、まだフローリングや壁にこびりついている埃と、日焼けの痕を雑巾で拭った。

――子どもたちが完全に出て行っちゃったの実感するよ……。ミソルが雑巾がけの手を休めて、どこか気落ちしたように言った。ヨンギュンは雑巾を動かす手を止めてパートナーを見た。

――うん……なんかふたりになると、この狭い部屋もずいぶん広い感じがするなぁ。けどさ、人間はなんにでも、やがては慣れてしまって、過去を忘れてしまうものだからさ。

――また、ふたりか……。

ミソルがため息のように言った。ヨンギュンは、その声音の意味するものをはかりかねたので、自分の気持ちを素直に出そうと、意識的に明るく言った。

――それが気楽でいいじゃない。もっともっと、仲良くやりましょうよ。

――そうね……。思い屈するかのような低いトーン。そうなったことにミソル自身が驚いたらしい。思い直したように、ヨンギュンをまっすぐ見て、明るく言った。ヨンギュンさん、さぼらないで、もっともっといっぱい、いいもの書いてください！　できれば、売れるものね！

――ああ、うん……。今度はヨンギュンの声が沈んだ。安請け合いはできないよ、書くということについては……とは、ヨンギュンはとても言葉にできなかった。

それからほどなくして、ミソルはパートの仕事を徐々に整理して、週三日か四日、社会保険に強制加入させられないよう、週十九時間以下の非常勤講師の仕事だけにした。

〈魔の時〉が訪れて、蔡龍俊《チェヨンギュン》の意識が、首根っこをひっつかまれるようにして現《うつつ》に引き戻された。一日の最初に訪れるそれは、午前六時二十六分ごろで、早朝族を自認するヨンギュンが、なんらかの理由で眠り損ねて、五時前に目覚められずにいても、否応なく彼の眠りを破るのだった。列車の騒音が南北に遠のくと、油蝉とミンミンゼミの鳴き声が空間を満たす濃密さで耳に届き、眼を開けると部屋は、激しい暑気を地上に降り注いでいる陽光に東南の窓際が浸食されていた。それは、今日も猛暑日だろうことを確信させた。寝汗で背中に貼りついた下着の不快な感触と、右の踵と左のふくらはぎの強い痒みで、目覚める数時間前の記憶がよみがえってきた。首を左に向けて河美雪《ハミソル》を探したが、パートナーは傍らにいなかった。

まだ眠気を引きずったままDKに行ったが、ミソルの姿は見えなかった。浴室の方から洗濯機が脱水をする駆動音が聞こえてくる。ごみでも捨てに行ったのか……？　と思っていると、トイレを流す音が聞こえて、ミソルが顔を出した。

——아침《アチム》（おはよう）！　なんか久しぶりの〈魔の時〉起床じゃない。よく眠れなかったの？

——……！　そんなことあるのか？　とヨンギュンは心のなかで吐き捨て、思わず聞いた。あなた、憶えてないんだ、真夜中にベランダへ上半身を出して寝ていたこと。ヨンギュンはミソルに、自分が寝不足になった理由を詳しく説明した。

——えー本当なの、いくらわたしだって、そんなことありえないよ。だって、起きたとき、ちゃんと蒲団で寝てたんだから。

——ほら、ここ！　いまもむず痒く疼く踵とふくらはぎの赤みを示した。こいつの原因はあなただよ、と忌々しさを込めて応じた。こんなことなら、スマホで証拠写真を撮っておきゃよかったな。

——あっ、あらら、まあ、かわいそう……。わたしはどこも噛まれてないのに。

——そりゃ、おれが辛抱強く追跡して、蚊をせん滅したからだよ——。

ヨンギュンがそう言ったとき、洗濯機の運転終了を告げるピー音が三度鳴った。

南向きの幅九十センチほどのベランダには、強烈な陽光がつくる手すりの濃い影で縞模様が描かれていた。遠くに富士が青くっきりと見えるほど雲ひとつない快晴で、そこに出ると、室内に数倍する息も詰まるような暑気が、陽光とコンクリートの照り返しとして襲いかかってきた。

——うわぁ、この時間でこれかよ、陽射しが痛いよ！

ヨンギュンのその声を聞いて、ミソルは陽光を少しでも防御しようと、つば広のサンバイザーハットを取りに戻って、彼に少し遅れてベランダに立った。

　ふたり暮らしの洗濯物は多くない。もともと、下着は毎日替えるが、それ以外の服を頻繁に取り替えて着ることもしないので、洗濯は週に一度くらいで十分になっていた。ピンチハンガーに干すパンツとソックス、タオル類はヨンヂュンが、ハンガーを使う肌着のシャツやTシャツ、カッターシャツや短パン、ズボンなどはミソルが担当して手際よく干していく。その間にも、眼下では列車が轟音を残して、間断なくすれ違っている。最も列車の往来が激しい朝の通勤ラッシュが始まっていた。今日いく度目かの〈魔の時〉のタイミングでミソルがなにか言った。

――……、……。

――えっ、なに？　よく聞こえなかった。

――ヨンヂュンさんのパンツずいぶん色あせてゴムも伸びているから、買い足しに行こうよ、って言ったの。

　ミソルが怒鳴るようにもう一度繰り返した。今日は金曜日、いまミソルは、火水木の三日間だけ特別支援学校へ出勤するので、休日だった。

――ああ、そうしよう（うか）……。

　そう応じたヨンヂュンの声の最後の方は、並走してきた上りの快速と各駅停車の騒音にかき消された。


　各駅停車駅のロータリーから東へまっすぐ長く延びる坂道の二車線道路は、四車線の国道六号線と交差して越える地点から、坂の天辺《てっぺん》まで、道路の両側に銀行、ラーメン屋、定食屋、寿司屋などの飲食店、雑貨屋、ブティックと昔ながらの衣料品店、惣菜屋やケーキ屋などが軒を連ねる商店街だった。坂道のほぼ中程に、この商店街の中心をなす、一階は食料品を、二階は衣料品や雑貨を揃えたスーパーが道路を挟んで二軒あった。

　蔡龍俊《チェヨンヂュン》と河美雪《ハミソル》は、それでもまだ少しは涼しいうちに、とスーパーの十時の開店と同時に入店できるよう、自転車で出発した。駅に向かう一方通行の線路に並行する道を、キャップに白のTシャツ、辛子色のチノショーツのヨンヂュンを前に、つば広のサンバイザーハットに黒のアームカバー、濃紺のTシャツ、七分丈のレモンイエローのパンツのミソルが続く。ロータリーに着いて右方向へハンドルを切り、坂が始まる地点の、必ず引っかかる国道六号線の横断歩道の信号が青に変わるのを待った。ヨンヂュンは首筋と背中に当たる陽射しの強さが予想以上なので、日没後にすべきだったな、と心のなかで後悔の舌打ちをしたが、行こうと急かしたのは自分なので、それをミソルに言うことはしなかった。

　坂の中程のスーパーへの買い物はここ数年、常にふたりで行くようになっていた。仕事に出るミソルよりも、家や図書館で書き物をするヨンヂュンの方が時間の余裕があり、融通が利くので、自然に彼が料理を担当するようになっていた。加齢で代謝が落ちているので肥満を考慮して、食事はミソルが出勤するときは、彼女が帰宅する十六時ごろ、出勤しないときは十三時ごろ、お腹いっぱいに食べる一日一回食にしていた。そのせいで、かえってふたりの食への楽しみと関心は、以前より高くなっていた。そのため、ほぼ一週間分の食材の買い出しのときに、それぞれの食べたい物や好みを反映させられるよう、買い出しはふたりで、となっていたのだった。また、食料品だけのときは品揃えがよく新鮮なHマートへ、食料品以外の物も買わなければならないときは、Hマートより少し規模が大きくて比較的安い物が多いDストアへ、と決めていた。ベランダで猛暑日を確信したふたりは、今日の食事は素麺にしようと話し合っていたので、ヨンヂュンの下着の買い足しのついでに、薬味の茗荷と総菜のかき揚を買おうと、Dストアがある右側の歩道を進んだ。

　国道六号線の信号とDストアのちょうど真ん中あたりに、張香淑《チャンヒャンスク》の税理士事務所がある。もう十年ほど前になるか、ふたりで坂の上にある明金神社の枝垂桜を見ようと、散歩がてらに坂をのぼっているとき、ふた月前ぐらい前に閉店した、間口一間半ほどの総菜屋だった場所が事務所に変わっており、見上げると大きく「張香淑税理士事務所」、小さく「税務相談・申告書作成・記帳代行」と書かれた看板が掲げられていた。

　――ねえ、このチャン・ヒャンスギさんて、同胞《トンポ》かな？

　ガラス張りの入口のドアのすぐに、接客用カウンターがあり、そこに純白の花が見事に揃った三本立ての胡蝶蘭が置いてあった。それが、この事務所が開設して間もないことを示していた。カウンターの奥に目隠しのパーテーションが立てられており、人の姿は見えなかった。たまにから揚げを買った総菜屋のときには、奥行きにまで思い至らなかったが、このテナントの奥行きはかなりあるのかも知れない、とヨンヂュンはミソルの問いを聞きながら考えていた。

　――どうかな……？　こんな堂々と、それも大きく本名で看板を出す朝鮮人いるかな？　おまけに税理士事務所でしょ、日本人の顧客が朝鮮人に税理を頼むかな？……寄りつかないように思えるがなぁ。それにさ、朝鮮人は植民地時代に強制された創氏改名が、在日というか、日本では清算できなくて――そりゃ、差別を逃れるためだけど――、日本式の「通名」を隠れ蓑に使う変な習性があるじゃん。現におれも十八までは「通名」で生きてたし……。でも、中国人は、同じように植民地だった台湾で「改姓名」という皇民化政策があったけど、応じたのは数パーセントだった、となにかで読んだ。だから、もともと創氏改名を知らないんで、「通名」なんてものがない。だからさ、このチャンさん、中国人かも知れないよ。

——確かめてみようか？　自分の好奇心を満たすことに、ためらいを知らず、物おじしないミソルが、いまにもドアに手をかけようとした。

——やめろよ。いいじゃないか、おれらに関係ないよ。それに、なんと言って確かめるんだよ。ヨンヂュンの面倒臭さがり屋で、変に人見知りの性格がそう言わせた。

——えー、別に変なこと聞くわけじゃないし、普通に、「わたしは在日ですけど、チャンさんはトンポの方ですか」って。これ悪いことなの？

眉根を寄せて、不満げに言いながら振り向いた視線を、またドアへ戻したミソルは、ドアを引いて事務所のなかへ進んだ。「アンニョンハセヨー」という彼女の、いつもよりハイトーンの明るい声が、クローザーでドアがゆっくり閉まる間をぬって外に漏れてきた。

ちぇ、まったく！　まだトンポかどうかもわからないのに、「アンニョンハセヨ」かよ、とヨンヂュンはパーテーションのところで、なかにいた誰かと笑顔で話すミソルの横顔を、半ば呆れながら見ていた。すると、こちらを振り向いたミソルが、満面の笑顔で手招きをする。ああ、トンポだったんだ、と理解したが、ええ、嫌だよ、と顔をしかめ、首を横に振って拒否した。だが、彼女はあきらめない。掌をひらひらさせ続けて、手招きをくりかえす。仕方ないな、とドアを開けると、パーテーションの影から、ショートカットに眼鼻がくっきりと涼しく、紺のパンツスーツがよく似合う大柄で凛とした女性が姿を現して「アンニョンハセヨ！」とヨンヂュンにあいさつした。これがヒャンスギとの初顔合わせだった。

聞いてみると、ヒャンスギの自宅は、ヨンヂュンらのマンションと同じく、各駅停車駅へ向かう一方通行の道路に面して立つ十階建のマンションの八階にあり、ヨンヂュンらのマンションよりも三百メールトルほど駅寄りだった。人懐っこくて磊落な性格、そのうえ酒豪でグルメ、料理の腕も素晴らしく、最初に持ち込んでくれた朝鮮料理の骨付きカルビチム（煮物）は、焼肉屋を営んでアボヂの総聯活動を支えたオモニの味を受け継いでいて、絶品だった。初対面の一週間後にヨンヂュンの部屋でやった宴会以後、ヒャンスギはすっかりヨンヂュンたちのお気に入りの人となったのだった。

ヒャンスギはアボヂ亡き後、オモニと同居して、独身のしっかり者の長女として、それぞれ日本人と結ばれた、ヒャンスギの事務所で事務員として働く妹のヒャンチュンと、韓国風チキンのデリバリー店を営む弟のジュヒョンを「家長」として束ねて、アボヂをはじめ家の祭祀《チェサ》を実質的に取り仕切っていた。そんなヒャンスギとヨンヂュンたちは、互いの家を行き来して、ほとんど家族、というつきあいをしてきた。

ヒャンスギは、朝鮮大学校を卒業するとき、総聯の「配置」から「逃げた」と言って笑った。彼女は、三年ほど同胞企業で経理関係の事務員をしていたが、そこで出会った同胞の税理士を見て、自分もそれを目指そうと決心した。「活動家の妻」だったオモニの苦労を身近で見ていたヒャンスギは、結婚というものには魅力と希望を感じられず、だから、ひとり身でも生きていける国家資格と、その資格を同胞のために使えるなら一石二鳥だと――。それで仕事をやめてオモニの焼肉屋を手伝いながら、独学で税理士試験に挑み、三十歳のときに合格。同胞の税理士事務所で実務経験を積んで、その五年後に税理士登録して、商店街の二車線道路から少し入った路地に事務所を開設。順調に顧客を増やし、勇躍、表通りに進出したのだった。その後、彼女は、この地域の税理士会の会長を務め、県の税理士会でも副会長になって、「税理士のおじさま」方を手玉に取った面白い話を、ミソルたちによくしてくれたものだった。ヒャンスギはまた、オモニや親戚の叔母さんたちを引き連れて、グルメとコスメの韓国旅行を楽しむ一方、総聯系の人権協会の副会長としての活動も担っていた。

あるときヒャンスギの部屋で、ヒャンスギのオモニも交えて、前日執り行われた彼女のアボヂの祭祀《チェサ》に供した朝鮮料理を肴に飲んでいるとき、ふと出会いを思い出して、ヨンヂュンがこんなことを言った。

――おれたち、ヒャンスギが本名で看板出してなかったら、こんな風に楽しく飲んでないよな。ええ、そうなんですよオモニ。この人の事務所の看板を見て、ミソルが突撃したんです。

――そうかー、そうですね。兄《オッパ》さんと姉《オンニ》さんと出会えたのは、「張香淑税理士事務所」の看板のお陰だった。看板見て、オンニが「アンニョンハセヨ」って入ってきてくれたからでしたね。

――ヨンヂュンさんて人見知りだから、やめとけ、って止めたんですよ、オモニ。

――本当にあの看板のお陰だよ。でもさ、スギにためらいはなかったの、本名で看板出すの。

――全然！　だって、ずっとチャン・ヒャンスギで生きてきたし、この名前しかないわけだから、どうしようもないじゃないですか。この名前で、あたしなんですから。

度うなずく。

――그래《クレ》（そうだ、そうだ）、とオモニが二度、三

――怖くなかったか……ですか？　嫌がらせされないか、とかですか？　日本人の顧客が来ない怖れ……？　あたしって単純だから、そこまで考えなかった、かな。税理士って、要はどれだけ仕事ができるか、なんですよ。だから、日本人だからとか、朝鮮人だからとか、あまり関係ないんです。それに顧客は、口コミや、紹介なんかがほとんどで、看板を見て飛び込みの客は、ほぼゼロなんです――。

その話を聞きながら、ヨンヂュンは、ならば、この社会で、なおさら民族名で看板を出したことが不思議に思えたのだった。例えば、事務所の立地から「坂道」税理士事務所、あるいは少し民族性を匂わせて「木槿」税理士事務所と大きく書いて、「税理士・張香淑」を小さく、いや、書かずにおいても、でもよかったんじゃないか、と。そんな考えが閃いたが、黙っていた。ヒャンスギの、「この名前しかない」「この名前であたし」に少し感動していたので、口を開かず、「そうなんだ」とうなずく反応になったのだった。

坂道がきつくなってきたので、ふたりは自転車を降り、押して歩道を進んだ。ヒャンスギの事務所に差し掛かると、いつもの癖で必ずそちらを見る。すると、ちょうどヒャンスギが事務所から出てくるところだった。

――あれ、オンニ、オッパ！　アンニョンハセヨ。暑いのにお揃いでどちらへ？

ヒャンスギが、会えたことがさもうれしい、と満面の笑顔でふたりに言う。

――スギ、アンニョン。ヨンヂュンさんのパンツを買いにDストアへ行くとこなの。

ミソルも、うれしくてたまらないと、明るい声で応じた。

――おい、おい、単に買い物、でいいじゃない。パンツを買いに、までは余分だよ。ヨンヂュンは、とにかく、なにか面白いことを言いたがる――だが、それほど面白くない――ミソルに苦笑した。しかし、この暑さはなんなんだろうねぇ。でもヒャンスギは、仕事柄スーツは脱げないか。大変だなぁ。で、スギはいずこへ？

――人権協会で半年に一度の、重鎮方との午餐会議があって、これから上野なんです。

――そうか、これまた大変だね、ご苦労さん。そう言って、はっと、ヨンヂュンは思いついた。スギ、そのあと予定入ってる？　ないならさ、急であれだけど、うちで暑気払いしない？　いいだろミソル。

――うん、うん、いいね、大賛成！　どう？　スギ――。

――うわっ、いいですね！　急ぎの用は午餐会議だけですから、大丈夫ですよ。五時ぐらいから始めます？　あたしもビールと、なにか一品つくって持っていきますね。

冷房が強すぎるのか、Dストアの出入口の自動ドアのガラス戸が、内と外の気温差で曇っている。食材がつまったトートバッグを肩に蔡龍俊《チェヨンジュン》は自動ドアを抜けた。河美雪《ハミソル》が後に続いた。外に出ると、冷えた躰に強い陽射しは、ふたりにとって、心地よくもあったが、すぐに躰から涼気を蒸発させ始め、自転車置き場で荷物を荷籠に入れる頃には、牙をむき、肌を焦がす猛威をふるった。容赦のない陽射しにさらされて家に着くと、汗っかきのヨンジュンの背中にTシャツがべっとりと貼りついている有様だった。

――暑い、暑い、暑過ぎる。とにかくエアコンを入れよう。

　素麺の材料に加えて、張香淑《チャンヒャンスク》との暑気払いのために買ってきた刺身の盛り合わせや、骨付きのスペアリブ用の豚肉、キムチ、オードブル用のハムやチーズの冷蔵庫への収納と、買い足したパンツの包装を外して一度洗うために洗濯機へ放り込むことなどはミソルに任せた。ヨンジュンは開け放していた家中の窓を閉めて、線路側の洋室に一台しかないエアコンを稼働させ、冷気がDKに届くよう、扇風機を強風にセットして淀んだ暑熱を攪拌して薄めるようにした。窓を閉め切ると、列車の騒音は幾分低くなるが、完全に遮断することはできない。

　ミソルがパソコンと繋いでいるオーディオで、ネット経由のNHK・FMの聞き逃し配信「古楽の楽しみ」――今日のプログラム「プラハ夏の古楽祭二〇二二」を再生して、ダイニングテーブルの自分の席につき、団扇をぱたぱたさせて落ち着いた。ヨンジュンはミソルの番組セレクトを、いいね、素晴らしい、と称賛してから、素麺づくりに取りかかった。

　素麺のつけ汁のため、片手鍋に日高昆布と市販ながら、上質の出汁が引ける万能だしのパックをふたつ入れて水から煮出す。その一方で、ネギと買ってきた茗荷と大葉を刻み、生姜をおろす。買ってきた野菜かき揚と、奮発した海老天はグリル――数年前に入れ替えた高性能のこれは、スーパーで買ってきた天ぷらやカツ、から揚げの衣をサクッと温める優れものだ――に入れて、麺が茹であがり、冷水で締めあげるタイミングで、温めが完了するようにセットした。異常に麺好きのヨンジュンは、常々ミソルに、「インスタントラーメンだろうが、パスタだろうが、とにかく麺は一分一秒ごとに劣化する。特に素麺は」と言っていた。だから、麺の茹でに取りかかる前に、つけ汁、薬味、天ぷらの準備を終わらせておかないと、気がすまないのだった。

ミソルは、ヨンヂュンが大鍋に湯を沸かし始め、だし汁に「にんべんのつゆの素」を加えてつけ汁の味を調えた後、氷水を張ったボールで冷やし始めたのを見計らって、ダイニングテーブルにランチョンマットを敷き、つけ汁を入れる小鉢とビールグラス、薬味のセットが盛り付けられた小皿を配置した。足りないものないかな、とヨンヂュンに聞くと、キムチと刻み海苔も出しておいて、との応答があった。一分四十秒でタイマーが鳴って茹であがった揖保乃糸をざるにあげ、何度も冷水で洗い、麺を締め、ぬめりを取っている。そうして皿に盛られた大盛の麺は、いつも通り、つやつやに光っていた。

ヨンヂュンも席について、まずビールで乾杯する。「うまい！　ありがとう」というが早いか、もうヨンヂュンは薬味を自分のつけ汁に放り込んで、多めの刻み海苔がかかった麺を手繰って、一気にすすりあげた。

――いいぞ！　茹で具合も最高だし、茗荷がいい仕事してくれてるよ。あなたも早く食べて、食べて。いつも言っているでしょ、麺は一分一秒ごとに劣化するんだから。

そしてまた、麺を手繰った――そのとき、ヨンヂュンのスマホから、前奏なしにジョン・レノンが「ディスハポンワンスビフォ」と歌う声が響いた。ザ・ビートルズの「ノー・リプライ」。ヨンヂュンは家族からの電話の着信音を――スマホに取り込んだビートルズの音源を使って、ミソルは「ヒア・ゼア・アンド・エヴリホエア」、長男のチョンサは「ひとりぼっちのあいつ」、次男のミョンサは「ノー・リプライ」に設定していた。

――なんだよミョンサの奴、麺を食ってるときに……。ヨンヂュンは手繰っていた素麺をすすりあげて、ぶつぶつ言いながらテーブルの端に置いていたスマホを取りあげた。うん、ミョンサどうした？

――アッパ、テレビ……？

〈魔の時〉は、窓を閉めていても、相手のひそめ気味の電話の声を殺した。

――えっ、なに？　テレビ？　テレビがどうした。〈魔の時〉で聞こえなかった。

――だから、テレビ見てないの？　少し怒ったように、声がささくれた。

――見てないよ。ラジオ聞きながら、素麺食べてるからさ。なんだよ、テレビって。施設の昼食時間は終わったのか？

――ああ、じゃあまだ知らないんだ！　一拍置いて、さっきよりもひそめた声が届いた。大変だよ、安田巧三《やすだたくみ》元首相が銃撃されたんだよ。うちの施設、昼食時間は利用者さんを食事に集中させるためにテレビ消すけど、お昼が終わってテレビつけたら、もうどのチャンネルも、このニュース……。

――えっ、えっ？　あの安田が撃たれた？　声が高くなった。それを聞いて、ミソルが、どういうこと？　という眼でこちらを見た。安田が撃たれたんだって！　テレビつけて！　ヨンヂュンは素早くオーディオの電源をオフにした。

――安田が撃たれたって、どういうことなの……？　ミソルが独語しながらヨンヂュンの脇をすり抜けて洋室へ行き、ふたり掛けのソファの上にあったリモコンを取ってテレビをつけた。

――うん、いまつけた。あっ、ああー、本当だ。本当に、撃たれた……。

演説する安田元首相に向かって右斜め前から撮影された動画――視聴者によってSNSに投稿されたもの、との断りがついている。ドーン！　と、花火を打ち上げたような大きな音が響き渡る。それとともに白い煙が上がって流れた。一瞬の間を置いて、また、ドーン！　という破裂音が、他のすべての音をかき消した。白煙のなか、安田巧三元首相が力なく崩れ落ちた。そして、元首相の右手側、やや離れた位置から撮影されたSNS投稿動画が続いた――こちらに向いている安田元首相の背後から白いマスクに眼鏡、灰色のポロシャツ、ショルダーバッグをかけた男が様子を窺いながら、すうっ、と近づく。さらに、同様にSNS投稿の動画、安田氏の左手側から撮影されたものが映る――彼の周囲にいた警護のSPが、数メートル先にいた黒い筒のようなものを持った灰色のポロシャツの男に一斉に飛びかかる。男は逃げるそぶりを見せていないが、SPが勢いよく抱え込んだ。別のSPが足にタックルして押し倒す。男は、屈強な三人の男に馬乗りになられて、顔をこちらに向け、冷静な眼のままで、制圧された。

――本当に撃たれたな……安田……。高まる動悸に声が震えた。ミョンサ、知らせてくれてよかったよ。ありがとう……。

――うん……気をつけてね、相変わらず小声で言った相手が、先に電話を切った。

洋室の掃き出し窓の前、壁のエアコンの下に置かれたテレビ。その斜め前、DKにいるヨンヂュンの視線を遮らない位置にミソルは、テレビのリモコンを持ったままで立ちつくしていた。ヨンヂュンは食事も忘れて、ミソルの横に行って、妻と同じように立ったままNHKの画面を見下ろした。

現場の中継リポートが入り、偶然居合わせたNHKのカメラが撮影した当時の状況を伝える動画に切り変わる

――「看護連盟の方！　看護連盟の方！　看護師の資格をお持ちの方、お助け下さい！」というマイクアピールの声が響く動画から、安田元首相に心臓マッサージをする場面と、救急車が現場を離れる映像が挟まれ、ドクターヘリへの収容と、搬送先の病院の中継へと変わり、彼が意識不明の心肺停止状態だ、と消防局が発表したことを伝えた。

ヨンヂュンはミソルからテレビのリモコンを受け取って、各局をサーフィンした。安田銃撃の一報を知って、瞬時に脳裏を駆け巡った恐ろしい予想、不吉な予感から、いま彼が一番知りたいこと、喉から手が出るほどに欲しい情報――現場で現行犯逮捕された容疑者が何者なのか、は、わからなかった。まだ調べがついていないのか、それとも発表の機をうかがっているのか？

――しかし、とヨンヂュンはミソルに言った。もしも犯人が、朝鮮人――在日だったら……。安田巧三がおれらにしてきたことを思うと……なあ、ありえないことじゃないだろ？　正直、あの野郎、おれが心底嫌いな蚊みたいな奴と思ってきたし、いまも思ってる。

そう言ったヨンヂュンは、誰かに弁解するように言葉を続けた。

――でも、思っていることを短絡して実行してはならないし、抵抗の妨げにもなる……。

――ヨンヂュンさんも「もしも在日だったら」って思った？　わたしもすぐにそう思ったよ。犯人が在日だったらどうしよう、って……。もしそうだったら、わたしら、ヘイトの嵐に襲われるよ。ウトロへの放火のようなこと。もっとひどいこと……。心臓がドキドキする。わけのわからない怖さと不安が、躰に沁み込んでくる感じなんだよね……。

テレビのチャンネルをＮＨＫにしたままでテーブルに戻った。素麺は先ほどあった絶妙なコシを失っていた。旺盛だった食欲は、安田銃撃の衝撃と、ジワッと浸透する濃い液体のような不安で削がれていた。それでもふたりは、なんとか素麺だけは胃に送り込んだ。手をつける気にならなかった天ぷら類は、ヒャンスギとの暑気払いに持ち越すことにした。洗い物はミソルが担当する。ヨンヂュンはロング缶に残っていたビールをグラスに注いで、洋室のふたり掛けのソファに移り、画面を見続けた。

ヨンヂュンが渇望する情報――容疑者の身元に関する発表は、いまだ伝えられなかった。まとまり切らぬ想念が去来する。

なにか重大事件が起こる。凶悪犯罪が報じられる。その容疑者が日本人の場合なら、なんの注釈もつかない。つまり、「日本人の〇〇××」と報道されはしない。そして、それを見聞きする日本人は、自分と同じ日本人が、

「日本人だから」こんなにひどいことをした、とは、まず、ほとんど考えない。しかし、在日の、朝鮮籍の、韓国籍の、そして中国籍の、外国籍の×××が、事件を起こし、罪を犯すと、朝鮮人が、韓国人が、中国人が、外国人が、こんなひどいことをした。朝鮮人だから、韓国人だから、中国人だから、外国人だから、こんなひどいことができるのだ、となる。だから、朝鮮人は、韓国人は、中国人は、外国人は、恐ろしい、危険だ、取り締まれ、追い出せ、奴らは潜在的な犯罪者なんだから——となる。そして、日本人であることによって——とはいえ、この社会は無言の連座制が横溢するところ。だから、家族、親族、縁者は、恐れ入り、自死さえすることがあるが——日本人は、日本人からの報復を怖れ、受けることに不安になる必要は、ほぼ、ない。しかし、おれたち在日朝鮮人は、報復を怖れ、怯える。そうされた歴史があるから、それを知っているから……。実際、関東大震災のときには、デマで六千人ともいわれる朝鮮人が虐殺された。

　そうして、朝鮮人を迫害し、差別する「口実」が加算される。だから、犯人が朝鮮人でないことを、願う……のは、幼いころからの習性になっている……。

　〈こと〉がやってきて、ヨンチュンの思考が傾き、かさぶたを剥がすような痛みの記憶に導かれる。〈こと〉にまつわる最も古い記憶。それは、もう六十年も前の小三のころ、お父ちゃん——おれは生涯、戦時強制動員＝強制連行で日本に連れてこられた親父を、アボヂと呼ばなかったし、呼べなかった。「日本に帰化したい」と、晩年、訴えていた親父も、そう呼ばれるのを望んではいなかったはずだ。だが、親族で唯一、ミソルは最初から、さもそれが当たり前のようにして、彼女が、彼女の父をアボヂと呼んでいたように、盆や正月におれの実家で会う義父を、アボヂと呼び、それを親父も喜んでいた。その証拠に親父はミソルを、아가《アガ》と、舅や姑が嫁に親しくかける呼称で、呼んでいた——と一緒に蒲団に入っていて、プロレス中継を見ていたときのもの。金曜夜八時のプロレス中継は、「三菱ダイヤモンドアワー」という番組名で、試合の合間には、三菱電機の掃除機「風神」がリングを掃除していると、アナウンサーが「実況」していた。そして、次の試合のゴング前、リングアナウンサーが、お父ちゃんが、力道山亡き後、特に贔屓にしていた「原爆頭突き」の選手名を呼びあげた。「赤コーナー二百六十ポンド、金一《キムイル》〈こと〉大木金太郎」。すると、お父ちゃんが、おれの頭のうえで、「キム・イル〈こと〉なんて言わんでええのに……」と、ぼそりとつぶやいた。ああ、それは、どうしてだったんだろう？　なにを思っての、つぶやきだったのか？

それから少しして、〈こと〉の意味を、鮮烈におれに突き刺したのは、「殺人者」「ライフル魔」「監禁者」として悪の権化のように連日報道された「金岡〈こと〉金嬉老――キンキロウ」だった。朝鮮人が正体を隠しているぞ。日本人になりすまして悪いことをしているぞ、ということを暴露するのが、〈こと〉なのだ、ということを知った。そして、〈こと〉は、すぐ、おれに襲いかかってきた。学校でおれは、悪童のマコトと諍いを起こした。一度つかみ合って、離れて睨み合った瞬間だった。マコトは、機をうかがっていたように言い放った。

「金岡〈こと〉金嬉老――キンキロウ、同じく蔡原《さいはら》〈こと〉蔡龍俊――サイタツトシ！」

おれは、ぐうの音も出ず、全身が脱臼したようにうなだれてしまった。寸前のところで、涙はこらえたはずだ、が……。

その後、どうなったか、の記憶はまさぐれない。消えてしまっている。回想によって選びだされる記憶のイメージは、想像力がつくりあげて、現実によって破壊されるイメージと同じぐらいに恣意的で、偏狭で、とらえがたいものだ。だが、確実なのは、キンキロウ――在日者の犯罪者は民族のネガティヴな集合を体現する――の犯罪に対する日本人の「怒り」は、朝鮮人総体への「恐怖」と「怯え」になり、「嫌悪」へと繋がって、差別を「正当化」する根拠になった。おれはそんな日本人の「怯え」と「嫌悪」と「差別」を内面化した、朝鮮人だった！

金嬉老《キムヒロ》と「再会」するのは、それから三十年以上もたってからだった。もちろん、もっと前から、キム・ヒロの行動――彼が静岡県清水市で、借金返済を迫る暴力団員をふたり、ライフル銃で射殺した後、ライフル銃とダイナマイトで武装したまま寸又峡温泉の旅館で人質を取って立て籠り、自死を決意した対価として、清水署の刑事による「てめえらッ朝《チョン》公どもが日本に来て朝《あさ》たれたこと（ろくでもないこと）しやがってぇ」という侮蔑と朝鮮人差別を糾弾して謝罪を要求した――に触発されて金時鐘《キムシヂョン》、とりわけ高史明《コサミョン》をして「自分自身をまず殺さなければ自分の本当のことが一言も言えない在日朝鮮人」である、「金嬉老は私だ！」と、在日朝鮮人問題の本質をいっそう深く言語化させ、鈴木道彦ら公判対策委員会の日本人らが「キム・ヒロを裁けるか」という問いを立てて、日本の植民地主義と朝鮮人差別の本質へと錘鉛を降ろしていった。そうした、在日朝鮮人と日本人の証言、文章、論考に、断片的ながら学んでいた、はずだった。しかし、読んだはずの思想、言葉は、容易におれからすり抜けていってしまっていた。

そしてあるとき、森崎和江が、日本生まれの朝鮮人であるおれの母親と同じく、一九二七年の朝鮮生まれで、それも母の本籍地である慶尚北道大邱《キョンサンプットテグ》生まれであることを知り、交錯しつつすれ違ったふたりの女性を確かめようと、森崎の文章を読み漁っていたときに出会った、「二つのことば・二つのこころ」という論考をとおして、金嬉老にもう一度再会したのだった。

ヨンギュンは立ちあがって、本棚から『森崎和江コレクション　精神史の旅1　産土』を取り出して、付箋がはってある当該の文章を拾い読みした。最初にこの文章を読んだ『ははの国との幻想婚――森崎和江評論集』は、誰かに貸したまま、行方不明になっていた。

《金嬉老は犯罪と抱きあわせてやっとことばによる自己表現の公開性を得ていた。日本人の朝鮮人差別を弾劾した。（略）私は人質の位置にいた。（略）日本人は犯罪の有無にかかわらず人質として日本人が朝鮮人の主体性に取り押さえられることを、ふつごうと考える。それは日本の大衆にとってごく自然な発想である》

この短い一節だけで鮮やかに、植民者だった森崎のするどい洞察が開示されている、とヨンギュンは身が引き締まる。植民地朝鮮で、朝鮮人が主体性を発揮しようとすれば、それは「犯罪」とされる。しかし、戦後の日本でも、同じことなのだ、と。「犯罪と抱きあわせてやっと」の朝鮮人の、森崎は、その「犯罪の人質」なのだ。実は、人質としてあった植民地でのかりそめの日常を、森崎はキム・ヒロの肉体から読み取る。

《金嬉老にかぎらず、朝鮮人が自分自身の存在を告げるために、犯罪を代償にしたり血縁を死においやったりして日本人宛の言葉を作り出そうとしているときに、日本人は朝鮮人むけのことばを、自分のなにものをもこわすことなく排泄することができる。くらしのなかのちいさな愛がこわれるおそれもなく、氏名をかくすこともいらず、孤立もせず、権力からは代弁者の役を間接的につけられて重宝がられて、反体制的はねあがりたちの尊敬さえ得て、しかもそれを叱咤激励する役割まで付随するのである。》

この文章が書かれたのは、一九六八年二月の金嬉老事件直後のはずだ。その時点で、すでに鈴木道彦ら日本人の――しかし、それは真摯であり、内部の論争をも厭わぬ、「自分のなにものをもこわすことなく」ということではなく、なにかを壊して再構築する痛みを伴う苦闘の連続の――、「連帯」「支援」の質を、根源的に問い、批判しているのだった。それは、森崎が見聞した「革命党」の同化主義への溶けぬ怒りからの、教訓であり、これから始まろうとしているキム・ヒロ――朝鮮人への日本人の支援で、陥りやすいが、しかし、絶対的に犯してはならないことへの、先回りしての警告とも読める。

《私には連帯のうそっぱちとして敗戦後の日本共産党

の朝鮮人対策が印象深い。朝鮮人党員に対する日本共産党の指導性は、まるきり日本民衆のくらしの感情の悪用だった。民衆が同化の輪を収斂して民族それぞれに生きようと感じている点を、党は、朝鮮人が抱いた解放感に対する皮肉として利用した。解放を朝鮮は勝ちとってはいない。血を流させないでものをいえる位置においてやったではないか、ごたくを並べずに弾よけの役をやれ、という心情が中央の方針にみられる。地方の労働運動の場でも日本人党員がそれを口外し行動化した事実は、わたしの耳にまだなまなましく残っている。「同化」の根はまことに深いのである。》

ここまで読んできて、ヨンチュンは、はっと気づいて、また読み始めの個所へと眼を戻した。

《金嬉老は犯罪と抱きあわせてやっとことばによる自己表現の公開性を得ていた。》

安田巧三を銃撃――殺す行為で、まだ身元不明のこの容疑者は、「ことばによる自己表現の公開性を得」ようとしたのだろうか？　去年、京王線の車内でジョーカーに扮した青年が乗客十八人に切りつけ、車内に火を放った殺人未遂事件があった。そのふた月前にも小田急線内で同様の切りつけ事件があった。京王線の事件は、小田急線の事件に触発されたものだ、と容疑者が供述したと報道していた。動機は「死刑になりたい」から……。連続したこの事件以前にも、「死刑になりたいから」と、見ず知らずの人を無差別に、連続的に殺傷する、「拡大自殺」事件が頻発している。だが、安田への銃撃は、そうでは、ない、だろう。銃撃の標的は、安田巧三という、誰もが知っている人物で、彼ひとりを狙ったことからも、そう推察できる。ならば、犯人は、やはり在日……？

――ねえ、どう？　犯人の身元わかった？

洗い物と片づけを終えたミソルが、気がかりが憂いを呼んだ様子も露わな声で聞き、隣に座った。

――まだだね。ちょっと思い出してこれ読んでたから、テレビの方は留守になっていたけど、そんな重大なことなら速報を打つはずだろ。速報のチャイム音は聞こえなかったから、その報道はなかったと思うよ。

――ああ、森崎和江さんね。

――うん、キム・ヒロ事件に関連した彼女の文章が頭に残っていたから、確かめようとね。

――それ、わたしも憶えているよ。強烈だった。ちょっと本貸して。そう、「私は人質の位置にいた」「私には金嬉老のまるはだかのおしりがみえるのである」。朝鮮で暮らす和江さんにとって、「朝鮮は、たった一人の金嬉老ではなかった」って、ここが彼女以外、誰も書けない、書いていないことだよね。朝鮮人の幼児を和江さんの前に立たせて沈黙のうちに睨むとも書いている。「金嬉老のまるはだかのおしり」って、すごくエロティックというか、植民地の日常というか……。

ミソルの言葉を聞いて、ヨンヂュンは、はっとした。さっきまで考えていたことは必ずしも的外れではないだろうが、底の浅い、読み取りのうわっつらさ——そうさせる、頭でっかちの、身体性の欠如した思考方式の単純さ——を、ミソルが無意識に指摘していたからだ。ヨンヂュンは卑怯を自覚しながら、話を逸らした。

——嫌な想像だけど、キム・ヒロ事件の発表のときのように、「金岡〈こと〉金嬉老」みたいに、「○○〈こと〉×××」って、三文字の名前が速報なり、アナウンスなりされるのか、なんて考えていて、ふと、今回の事件、キム・ヒロ事件と似ているところがあるんじゃないか、と思い当たって……。

——でも、いまどき、「○○〈こと〉×××」って言うかしら？　もしも在日だったら、朝鮮籍か韓国籍の通名か本名で発表じゃないかな。そしたら途端にネットが騒ぎ出して、というパターンじゃないの。

——どうなんだろう？

テレビは眼まぐるしく中継を繋いでいる。自民党本部前、銃撃現場、安田元首相の地元事務所、再び自民党本部。さらに、所轄の警察署前、元首相がドクターヘリで搬送される模様と搬送先の病院前、国会記者会館、事件現場からの中継の途中で、安田元首相を引き継いだ縁なし眼鏡の岸本首相の首相官邸での記者会見の場面に切り替わった。

「民主主義の根幹である選挙が行われているなかで、起きた卑劣な蛮行であり、決して許すことはできない。政府としてはあらゆる事態に対応できる万全の措置を用意する、これが大事であると思っています——」

——「政治テロ」という構図で、が、岸本の第一声か……。

——でもさ、このタイミングでの犯行は、結局、自民党を大勝させるんじゃないの？

——そうなるのは間違いないだろうな。心肺停止状態というから、安田は、まず助からないよ……。でもさ、安田はこんな風に死んではいけない奴だった。いや、もちろん誰であろうと、自分の意に反して命を奪われてしまってはならないけどね。だから痛ましいよ。

——そうね、「影の総理」だもんね。だから余計に無惨な感じさえする。パートナーの祥江さん、たまらないだろうな。

——まったくね……たまらないさ。白昼堂々、連れ合いが撃ち殺されるなんて……。おれさ、安田をこんな悲惨な目に遭わせたのは、安田が首相の座を二度目に放り出したあとも、そりゃ、もちろん安田自身が望んでいたんだけど――けれども、あいつを政界で最強の実力者として居座り続けさせた、この国と社会と人びとの、どこか、タガが外れて、底が抜けた状態のせいだと思うな。

――そのおかしくて、常識が通用しない感じ、すっごくわかるなぁ。国会軽視――疑惑に嘘、論点そらして質問に答えない、相手を見下す。手法は、敵と味方に分ける単純化。嫌朝・嫌韓・嫌中に加えて、沖縄の民意への敵視、選択的夫婦別姓と同性婚に反対、ＬＧＢＴの人権否定……もうキリがないよね。それでも安田巧三は、選挙に勝ち続けられたんだもの。

――差別と敵視と分断ね、それらすべてを、やすやすと、そして軽々とやってのけるんだ。さも、当然のことのように。おれ、安田巧三をこの十年近く見させられ続けて、誰かが、どこかに書いていた言葉で――誰だか思い出せないけど、こんな言葉ね、箴言と言ってもいいかな――安田もそうだけど、この国と社会と人びとのダークを、ほぼ完璧に表現できると思うんだ。

《恥じるから罪になる。恥じなければ罪にならない。恥を知らずに生きていけばよい！》

そう言ったヨンジュンも、それを聞いたミソルも、心の傷に砂をすり込まれるような痛みと、もの悲しさに似た、あきらめのようなもの、に襲われた。

――でもね、安田を否定し反対していたリベラル派も、おれらも、この国、この社会に生きている限り、「海が風に立ち騒ぐとき、陸上から他人の危険を眺めるのは快い」というわけにはいかないよ。おれら、「無実」でも「無罪」でもないよ。息を吐くように嘘をつき、汚職まみれの安田巧三を刑務所に送り込めていれば、こんな銃撃事件を目撃することはなかったはずだから……。


ピンポン！

玄関チャイムが鳴った。誰だろう、と河美雪《ハミソル》が立って行く。ドアの蝶番が軋んで開く音とともに、〈魔の時〉の轟音と、部屋の冷気とせめぎ合って生ぬるく中和された暑気が流れ込んできた。……じゃない、どうしたの、こんなに早く、というミソルの驚きの声が、リモコンをいじりながらテレビを見ていた蔡龍俊《チェヨンジュン》の耳に届いた。誰だろう？　ヨンジュンも立ちあがって、ＤＫへ向かうと、張香淑《チャンヒャンスク》の色を失った、ただ頬骨のところだけが赤みを帯びている顔のなかで光る眼から放たれる視線にぶつかった。

――オンニ、オッパ……アンニョンハセヨ。なんだか、不安で、怖くてたまらないから、話し相手が欲しくて来てしまったけど……。迷惑だったら夕方に出直します。

ヒャンスギは、午前中の買い出しの途上で出会ったときのパンツスーツ姿のまま、玄関の三和土で、表情をこわばらせ、大柄の背をまっすぐ伸ばして立っている。形の良い鼻の頭に細かい汗の粒、ショートカットの髪の耳のあたりから流れ落ちたらしい汗が頰を伝って顎でひとつになろうとしていた。その様子にただならぬことを感じたらしいミソルが、ヒャンスギの手を取って言った。

——スギがわが家に来るのに、迷惑なことなんて、どんなときにもないよ。あがって、あがって、と手を引く。

——おう、大歓迎だ、と言いながら、ヒャンスギのたたずまいから、ヨンヂュンには強く感じられるものがあった。

——オンニ、玄関の鍵かけてもらっていいですか？それと、ドアチェーンも。一階の郵便受けと玄関の表札、ふたりの民族名でしょ。なにかあった後じゃ遅いから……。

ミソルが怪訝な顔でヨンヂュンを見たが、うなずいた彼の眼くばせで、はっと気づいて、わかった、と、いつもは寝るときにしかかけない鍵とドアチェーンをかけた。

三人で飲むときのダイニングテーブルの定位置——三和土からすぐの椅子にヒャンスギが座ってハンカチで汗を拭いていると、すかさずミソルが冷凍庫で冷やしているビールグラスを三つ出して、ロング缶をヨンヂュンに渡した。

——スギ、まずは落ち着こうや。

——イエー（はい）、と応じて、ヒャンスギは、両手でグラスを仰ぐようにしてヨンヂュンからのビールを受けた。

ヨンヂュンは続けてミソルのグラスも満たした。すると、ヒャンスギがロング缶をヨンヂュンの手から奪うようにして、彼のグラスに両手で注いだ。

——おお、コマッソ（ありがとう）、とにかく、飲もうや。でも、あれがあるから、とヨンヂュンは自分の背の位置にあるテレビに振り向かず、肩の高さで親指をぐっと後ろに反らして、乾杯と言うのは、やめておこう、とグラスをあげた。そこにふたつのグラスが軽く合わされ、カチリと小さな音をたてた。

半分ほどを一気に躰に取り込んで息を吐くヒャンスギのグラスに、ミソルがビールを足した。コマスミダ（ありがとうございます）、と礼を言って、またビールを口に運ぶ。酒豪の彼女にしては珍しく、この程度のビールで、頰の赤みが薄れたかわりに、もう眼のまわりに赤みがさし始めていた。ヨンヂュンは、少しは緊張がほぐれてきたか、と観察した。

——暑気払い始めるか？　ヨンヂュンはミソルに合図して立ち上がり、支度にかかろうとした。

――いや、まだやめといた方がいいと思います。犯人の身元わかってないでしょ、だから……。ヒャンスギの位置からは正面に見えるテレビに眼を向けて、はじめの方は断乎とした調子だったが、やがて臆病で悲しげな、尻すぼみになる声音で言った。

ああ、スギもやっぱり――ヒャンスギの言葉でヨンヂュンは、やはり在日は、このやりきれない猛暑日に、同じ恐怖をわかち持っていることを確かめた。彼は重苦しく、どうにも鎮めようのない不安に、小さく身震いした。

――そうだな……。確かに、まだ早いか。

――ええ、まだ早いと思います。

ヒャンスギは深い怯えに彩られた表情で応じて、手ぶらで、なにも持たず、とりあえずこの部屋に押しかけて来てしまったいきさつを、話し始めた。

ヒャンスギが上野の人権協会の事務所に着いて、キム事務局長とパク事務局員と一緒に会議室のテーブルと椅子を午餐会用に配置し直し、配達された焼肉弁当をテーブルに並べ終えて、重鎮方の来訪を待っていると、ある会員から安田巧三元首相銃撃の第一報が入った。すぐにテレビをつけて状況を確認していると、弁護士をしている別の会員から、ネットに「在日犯行説」が洪水のようにあふれ出している、との知らせが届いたのだった。事務局長が、なにか在日や朝鮮がらみの事件が起こると必ずチェックして情報を収集する、ネトウヨ界隈のまとめ掲示板と、札付きの極右ブロガーのブログ、投稿のトレンドを確認していった。すると、事件後、三十分もたっていないのに、「犯人の名前と顔写真はこちら!」というタイトルのトレンドブログに辿り着いた。しかも、「この男は在日らしい」という副題がつけられている。このブログは、コピペが繰り返されて、ネトウヨ界隈の各種のまとめ掲示板で無限拡散され始めていた。

しかし、内容を詳しく見ると、どうも名前も顔写真も本当のものではなく、速報で流れたマスク姿でSPに確保された容疑者の顔に似ているネット上の他人の顔写真に、「姜承澤―カン・ショウタク」という在日らしい名前をつけて流したものに過ぎないことがわかった。それよりもっとひどかったのは、誰かがかなり高いウェッブ技術を駆使してNHKのニュース画像を加工して捏造した「犯人は在日」という画像が、わざわざ人権協会にメールで送られてきたことだった。一見するとその画像は、あたかもNHKがスクープしたかのように、アナウンサーが原稿を読んでいる画像に、ゴチックのテロップで「犯人は在日だった!」がつけられていた。そして、オープン表示された送信先には、在日韓国大使館をはじめ、総聯と民団の中央本部や、両団体の地方本部、支部、傘下団体などのアドレスが三十以上も連なっていた。だが、少し考えてみれば、ＮＨＫが「犯人は在日だった」などとテロップをつけるはずがない。画像の捏造＝挑発者は、脅迫を意図して送信してきていることは明らかだった。同時に捏造＝挑発者は、ネット掲示板に投稿しており、ネット情報を鵜呑みにするネトウヨとレイシストを煽るために画像を捏造したことも明白だといえた。

だが、デマであろうと捏造されたものであろうと、すでに拡散し始めた「犯人は在日説」を止めるすべはない。こんな事態になっているので、人権協会としては情報の収集と、総聯中央とも連携して、必要な措置——朝鮮学校の学生たちの集団下校の指示を出すか否か、総聯本部、支部と民族系金融機関など関係各所への注意喚起や警戒指示など——を取るため、午餐会議は日を改めることにして、集まってこられた重鎮の先生方には、手配した弁当を食べてもらってお帰りいただくことにしたのだ、という。

ヒャンスギは上野からの帰途、「張香淑税理士事務所」と看板を掲げている自分の事務所に、恐らくなにも異変がないだろうと思いながらも、しかし無事を、みずからの眼で確かめておきたい、と考えた。銃撃事件を知ってすぐに事務所に電話をかけた。留守番のヒャンチュンは、事務所でＢＧＭとして流しているＦＭラジオで事件を知り、すぐにテレビをつけて銃撃事件のありさまを把握していた。ヒャンスギは、ネットで「在日犯行説」が沸騰していることを伝えて、事務所になにか不穏な兆候はないか、感じないか？　とたずねた。なにも起こっていないことを伝えられると、妹に、すぐにシャッターを閉めて「臨時休業」の紙を張って家に帰るよう指示した。ヒャンチュンは姉の意図を即座に理解したという。

——あの子は、朝鮮高校在学中に起こったテポドン騒動で、同級生がチマ・チョゴリ制服を電車内で切られる襲撃に遭った恐怖を共有しているんです。それで、チマ・チョゴリ制服を脱いで体操服での集団登下校をした経験があるから、「うん、わかった」と察しが早かったんですね。

それでも、とにかく、まずは事務所の無事を、自分の眼で確かめずにいられないのだった。急き立てられるように駅からの坂道を、案の定、国道六号線の横断歩道で信号待ちをさせられ、噴き出した汗をハンカチで拭いながら、自分の事務所へと小走りで向かった。予想通り、シャッターに貼られた「臨時休業」の、想定したよりもひと回り小さいＢ５の用紙の手書きの張り紙はそのままで、事務所の周りも、内部にも、なんら異常がなかった。これで大きな怯えから少し回復したヒャンスギは次に、もっとも親密な人への暴力の予感を全否定はできないと、オモニがひとりでいる自宅へ急いだ。オモニは、昼食の時間に習慣的に見ている情報番組が、急に事件報道に変わったために、安田元首相の銃撃事件を知っていた。

――オモニが言ったんです。「犯人が朝鮮人だったら大変なことになるよ。お前の事務所は大丈夫か」って。ああ、やっぱりオモニも、と……。それで、「事務所は大丈夫でなにもなかったけど、大事をとって事務所を閉めて、ヒャンチュンは家に帰した」って言ったら、「それがいい、それがいい。犯人が朝鮮人じゃないとわかるまでは安心できないよ」って言った後、「でも朝鮮人だったら……」ってぼそりと言って、急に黙り込んじゃって……。

――うーん、とヨンヂュンはいたたまれない思いで、深いため息をついた。

――で、それ以上オモニと話すことがなくなっちゃって……。でも、なんだか心細くて、とにかく話し相手が欲しくて。それで、オンニたちに早く会いたくてたまらなくなって……。オモニに、オンニの家に行くこと告げて、「あたしが出たら鍵とドアチェーンをかけて、宅急便が来ても応対しないように」って、念を押して出てきたの。

――オモニひとりで大丈夫なの？　ミソルが心配顔で聞いた。

――なんかオモニは、あたしたちとは修羅場の経験値が違うんでしょうかね。不安ではあるけど、これまでも、こんなことはいくらでもあったから、ってどっしりと構える感じになっていて、「괜찮다《クェンチャンタ》（構わんよ）、ああ、行ってきな」って、そのときは淡々と……。

ヨンヂュンはDKのオーディオの隣に据えてあるパソコンデスクの椅子に移り、ヒャンスギの説明を聞きながら、当該のまとめサイトを開いた。

――これだな。

――そうです。

――ひどいな。

――どれ？　見せて。なにこれ！

――でも、デマを信じるんだよ。

――どんどん増えてますよ。

――ヤフコメ欄がもっとすごいな。

――「犯人は在日に間違いない」ってなによ。「日本人が安田さんを狙うわけがない」「日本人じゃないに決まっている」って？　でも日本人だったら、この人責任取れる？

――責任なんか取りませんよ。

――「チョン討伐隊」を名乗る匿名の人間が、ひどいこと書けば書くほど「いいね」をもらえるらしい。

――炎上狙いとか言うんです……。

およそ予想がつくから、ヨンヂュンもミソルも触れないようにしてきたネット空間のヘイト。人間の闇の、さらに深淵の世界。底が抜けた、単純で思考停止の、歴史の歯車が逆に回っている、幼稚で即物的な罵詈雑言。悪意を「正義」と取り違えた汚物の沖積層。匿名に隠れての――ぞんざいで無責任が支配する「言説」空間……。

――めまいがする。わたしはもういい！

ミソルが、嫌悪と心底怯えたような顔つきになって根をあげた。

――いや待て、こんな投稿があるぞ。ITジャーナリストのSさんのやつだけど、あれっ、もう容疑者の名前が出てるのか？　ミソル、テレビのボリューム上げてくれるかな。話の邪魔になると思って音量を下げていたから、速報の通知音を聞き逃したのかも……。

「先ほど入った情報を再度お伝えします。捜査関係者によると、安田元首相の銃撃現場で、殺人未遂容疑で現行犯逮捕されたのは同市の山中達也《やまなかたつや》容疑者、四十二歳です――」

――山中って、あまり在日にない通名よね？　ミソルが少しほっとしたように言う。

――そうですね、うちの親戚にも知り合いにも、山中っていないです。

――いや、まだわからないさ。在日には佐藤、鈴木だろうが、どんな名字だってあるんだから。この山中だって、ひょっとしたら強制連行されてきた彼のおじいさんか親父さんが、「山」の飯場のまん「中」の小屋の一郎さんか二郎さん、と日本人につけられた名前の名残かも知れないぜ。

そう言いながらもヨンヂュンは、「山中〈こと〉××××」とも、「朝鮮あるいは韓国籍の」という枕詞がついていなかったことに、胸をなでおろしていた。

――それはそれとして、このSさんの投稿だけど、「山中達也」で検索すると「『撃った犯人の名前と顔写真はこちら！』というトレンドブログに辿りつきますが、内容がデマである可能性がある点に注意してください。／そうしたデマに騙されて無関係の第三者を攻撃してしまうと、あなたが加害者になってしまいます」と、注意喚起しているんだ。

――どれどれ、とミソルが横からディスプレイをのぞき込む。でも、この投稿もヘイトの波に洗われて、溺れかけている感じね。

――ちょっと下にスクロールしてください。コメント欄どうです？

――「売国奴」「こいつも在日」「サヨクに違いない」

「北朝鮮か中国のスパイかも」って、どうなってるんだい。まともな意見は寄ってたかって押しつぶす、ってやり方かな？

——人権協会のキム事務局長によると、マスコミは敵で、事実を隠している。だからネットを信じる。だけど、ネットの投稿や情報でも、自分が情報ソースにしているお気に入りのブログなんかを批判したり、違う意見が出ていると、条件反射的にそれを叩き潰す投稿を連投して、トレンド外しをするんですって。

——そんなからくりがあるのか。ネットの言説空間はそうやって操作されているわけだ。

——そうして操作された「意見」を、こんどは準マスコミ的なネットのニュースサイトが、「ネットではこんな意見が出ている」と引用して、操作に操作が重なることもあるから、気をつけないといけない、とも事務局長は言っていましたね。

容疑者の身元に関する情報が出始めているから、テレビに注目しようと三人は、洋室へ移動した。ソファに座ることを頑なに固辞したヒャンスギが、ミソルが渡した座布団を敷いて床に尻を据え、ふたり掛けのソファにはヨンヂュンとミソルが腰を下ろした。

——もっと飲むか？　というヨンヂュンの問いに、ヒャンスギは、

——いや、大丈夫です。なんか飲む気にならない、というか、すごく変な感じで、モヤモヤ、フワフワしてるんです。どうしてあたし、さっきまであんなに怯えていたのか？　って……。どうも犯人は同胞《トンポ》じゃないらしい情報がひとつ出てきただけで、ちょっと気が楽になっているのもなんか……。白昼堂々と、衆人環視のなかで日本の政界の最高実力者が銃撃されるという暴力を目の当たりにしているのに、でも、ほっと息継ぎができた感じでいる。これって、おかしくないですか？　変ですよね……。

ヒャンスギの表情は、両立しない思いに引き裂かれて、それをどうしてもまとめられずにいるようだった。

——スギの違和感、わたし、わかるな。ちょっと前、ヨンヂュンさんが言っていた、安田って蚊みたいな奴だから、居なくなって欲しいとか、なんとか……。わたしだって、どこかで安田がやられたことを……ねえ……。ほら、でも、たとえば三人も四人も殺してしまった死刑囚は、死刑という刑罰で殺されなければならないのか？　人には変われる可能性がある。その可能性を殺さない、生きて罪を償う権利を人権とするって、なにかで読んだなぁ。それと同じで、心肺停止状態の安田だって、蘇生すれば、これまでを反省して変わるかも知れないのに……。違うかな、わたしたちがわかち持った怯えの話

から、どこかズレている？　ズレてるか……？

――ズレてるな。でも、まっとうなズレじゃないかな。命を奪ってはならない、殺してはいけない、という至極当たり前のことなんだろ。でも、安田の政権は、在任中にハイスピードで死刑を執行した。とくにA真理教関連の死刑囚を二日で十三人も吊るした政権だった。だから、蘇生した安田は、前にも増して悪くなる可能性だってある。あいつなら、その確率の方が高いよ。それも人間だよな。

――なんか、捻くれているうえにズレてるよそれ。わたしが言いたかったことは、まあそれもあるけど……。わほら、わたしらって、陰に陽に、ずうっと大きな暴力にさらされ続けて、不安のなかで暮らしてきたし、いまもそうじゃない。上からは国と国会議員、自治体とその首長、下からは草の根のZTグループなんかのレイシスト団体の攻撃とか。それにいまは、「在日が優遇されている」という「在日特権」云々のデマに触発されて、ネットで接した間違った歴史認識に取り憑かれて敵対感情を募らせて、ついには直接攻撃や破壊、放火にまで手をつける一匹狼的なヘイトクライマーが次々と現れているじゃない。だから、安田への銃撃を、もしも在日がやっていたら、その後に襲ってくるものは、と怯えて……。けれど、いま、犯人は在日ではないらしいから、ちょっとほっとしてる。でも、わたしらへの差別とヘイトの状況は、一切、なにも変わっていないでしょ。それなのに、なんでほっとしているの？　……なのよね。

――そうなんですよね。それなんです。この事件で日本人が抱いた深い恐怖と、あたしらが在日がわかち持った恐怖には、きっと、共有できるもの、共通なものがほとんどないだろうという、孤立感？　断絶感？　みたいな……。でも妙で、嫌な感じじゃないですか？　犯人が在日だってあり得たってことも含めて……だってあの安田だから……。

――そうは言っても、多くの日本人には、「日本人だから」狙われるという恐怖心はないから、「朝鮮人だから」「韓国人だから」狙われる――おれらの恐怖を想像もできないだろうし、また、わかれというのも無理なことのようにも思えるがなぁ。あっ、ちょっと待て、速報だ。

ヨンヂュンの声でふたりはテレビ画面に眼を向けた。テロップが画面の上部に浮かびあがった。

「逮捕された山中容疑者は二〇〇二年から二〇〇五年まで、海上自衛隊に所属していた」

――おお、確定だな。自衛隊は「日本国籍を有する」が応募資格だから、山中が海上自衛隊にいたということなら、奴は在日じゃない。

そう言いながらヨンヂュンは、ミソルとヒャンスギの表情が、寒々としていくのを見逃さなかった。なにか言うべきか？　いや、いや……。下手な警句、解説めいたことを話したがる自分の軽薄さを意識して、口をつぐんだ。テレビではアナウンサーが速報の内容を反復して、政治部のデスクに質問している。

「いま速報が出ましたが、防衛省関係者によりますと、山中容疑者は二〇〇二年から二〇〇五年までの三年間、海上自衛隊に所属していたということです。これはどういうことでしょうか？」

「はい、山中容疑者は期限付きで雇用される任期制自衛官として、〇二年八月に長崎県の佐世保教育隊に入隊。同年十二月からは護衛艦『まつゆき』の乗組員として、艦載武器を取り扱う砲雷科に配置され、〇四年四月から第一術科学校（広島県江田島市）の練習船勤務をへて、〇五年八月に任期満了で退職した、とのことです」

「元自衛官が安田元首相を銃撃したということですが、容疑者の今回の行動と、前歴にはなんらかの関係があるのでしょうか？」

「それは現時点でははっきりしません。一方、県警への取材で、『山中容疑者が安田元首相の政治信条に対する恨みではない』と供述していることもわかっています」


三人は顔を見合わせた。

――どういうこと？　ミソルがヨンヂュンを見た。政治信条に対する恨みではない、けど撃った……？

――でも、明らかに殺すつもりですよね。さっき確か、凶器は手製の銃、ということを警察が発表した、って言ってましたよね。ということは、銃をつくるのに時間がかかっているわけじゃないですか。すると、随分長い恨みの果ての決行ということになるはずでしょ……。けれども、安田の政治信条に対する恨みではない？　安田を撃つとしたら、あの人の政治信条とか、息を吐くように嘘をつく、そんなことへの憤りが動機になるんじゃないですか？　でも、政治信条に対する恨みではないって……訳がわからないですよね。

ヒャンスギも、テレビから視線を外してヨンヂュンを振り返って、ヨンヂュンの意見を求めるように言った。

ヨンヂュンも混乱していた。じゃあ、その動機と目的はなんだ？　キム・ヒロが、ふたりの暴力団員の死と、人質への忍従の強要、そして自死という犠牲を対価に、はじめて自分の怒りと糾弾を公論化でき、それでつかの間の自由を得たように、山中容疑者は、安田の命を狙うことで、どんな自由を得ようとしたんだろう？　思考が停滞し、立ち往生した。そもそも、キム・ヒロと山中容疑者を繋いで考えていること、それ自体が間違っているのかも知れない？　いや、それよりもまず……と、ヨンヂュンは思考を断ち切った。ふたりがヨンヂュンに求めているだろう言葉ではないことを知りながら、こう言った。

――ネット住民の反応が気になるな。おれたちへの攻撃に動くのは、ネット情報からの確信犯だから。まずは、それを確かめようや。

ヨンヂュンがＤＫのパソコンデスクの椅子へ動くと、ふたりも立ってＤＫの椅子をパソコンデスクに寄せて座り、ディスプレイをのぞき込んだ。

――手っ取り早く、爆サイの掲示板を見てみようか。ヨンヂュンが「安田元首相銃撃」「元自衛隊員」をキーワードに検索した。

「帰化すれば日本国籍を得られる」

「実は中国人または韓国人であるという説もある」

「中国人なんですか？」

「ほんとに日本人？　在日の帰化かもよ」

「やはり伊藤博文を撃った安重根に憧れた在日の犯行だ」――。

――予想どおりだね。だけど、明日になれば、こんなデマや戯言も、犯人＝在日説も、消える。うん、消えざるを得ないだろうけど……。なあ、なんか喉が渇かないか？

ヨンヂュンが助けを求めるようにミソルを見て言った。

――飲む？

――うん、おれは飲みたい。

――スギは？

――おつきあいします。

ヨンヂュンとヒャンスギは、ダイニングテーブルのいつもの席に戻った。ミソルが冷蔵庫からロング缶を二本出してきて、グラスはこのままでいいよね、と言いながら、テーブルに置きっぱなしになっていたグラスを取ったふたりに、ビールを注いだ。あなたも、とヨンヂュンがもう一本のロング缶でミソルのグラスを満たした。三人は眼の高さにグラスを持ち上げただけで、それを合わせることはしなかった。ヨンヂュンがひと息に飲み干して、ふぅーっと大きな息を吐いた。ヒャンスギも半分ほど飲んで息を継ぎ、そして残りを飲み干した。ミソルは半分ほど飲んだグラスを置いて、あまり乗り気ではないが、一応聞くという感じで、ふたりに言った。

――暑気払い、始めようか？

――暑気払いか……。少し間を置いたヨンヂュンが言葉を継いだ。なあスギ、明日は土曜だから事務所は休みなんだろ？　急ぎの仕事が入ってないなら、おれたちの暑気払いは、明日の昼飯を兼ねてやる、というのはどうかな。今日は、心置きなく飲める気がしないよ。といって明日、状況がよくなるどころか、もっと悪くなっているかも知れないけど……。

——ええ、そうしましょう。あたしも、なにか一品つくって、ワインもいい貰い物があったから持ってくるつもりが、こんな感じになっちゃったし。オンニ、そうしましょうよ。

——うん賛成。そうよね。楽しく飲めないよ、今日は。まあ、お刺身も鮮度は少し落ちるけど、明日の昼までなら大丈夫のはずだから。

——明日になれば……か。ほら、ウトロ放火犯の二十二歳の青年が、ちょっと前にあった論告求刑公判で、「韓国人に対する差別心を持った人は国内外にたくさんいる。この事件を個人の身勝手な犯行として終わらせると、同様の事件やさらに凶悪な事件が起こり、次は本当に命を失うような事件が起きるかもしれない」って、反省のかけらもなく言い放ったものな。この銃撃事件に関係あろうが、なかろうが、おれたちにとって、いま、「よくなる」なんて展望、どこにもないよな。

——ウトロの放火犯の青年……ね。そうでしたね。あたしもすごいショックを受けました。だからあたしたち、戸締り厳重にして、ここに、こうして肩寄せ合っているんですものね。でも、明日になっても同じ……、いやもっと悪くなるじゃあ、苦しいですよね。といって、本当に、変わる要素はなにもないのが現実、ですけど……。

ヒャンスギの声に重苦しい疲労を聞き取ったヨンチュンは、自分の言葉が呼び起こした彼女の憂愁に責任を感じて、最近読んだ論考から得た、〈絶望的なる希望〉と名づけたことを伝えたいと思い、口を開いた。

——中東のパレスチナにガザ地区ってあるじゃん。

——なに？　パレスチナのガザ？　すごく遠くの話で、唐突なんだけど。

話の流れが急に別の方向へ導かれるのに戸惑うのか、ミソルがまぜかえすように言った。それに応じてヨンチュンは、弁解するように話し始めた。

——遠い？　いや、いや、そうでもないんだ、おれのなかでは、それに実際にも……。

ミソルとヒャンスギが、どういうこと？という眼をしてヨンチュンを見た。

——少し前に、アラブ文学者のOさんの論文読んでいたんだけど、彼女が在日とパレスチナ人の置かれた状況に共通することや、植民地主義への抵抗のありようについて、おれがぼんやりと考えていたことを、明晰な分析で明確な言葉にしてくれていてね。とても教えられたな。それをおれなりに〈絶望的なる希望〉と命名したんだけども……。

――そういえば、ガザ地区は、去年もイスラエルが空爆してましたよね。

ヒャンスギがなにかを思い出したように、いく度かまばたきしてから言った。

――うん、ちょっと待って、とヨンヂュンはパソコンを操作した。そう、去年の五月だったな。このレポートにこうある。

「二〇二一年の五月十日から二十一日にかけて続いたイスラエル軍による空爆や砲撃により、ガザでは六十七人の子どもと百三十人の民間人を含む二百六十一人が死亡し、二千二百人以上が負傷した。／この五月の攻撃で十一万三千人が避難民となり、二〇二二年五月の時点で八千二百五十人の住居が全壊もしくは損傷を受け住めなくなり、避難生活を送っている」。

レポートを読み終えたヨンヂュンは、自分の声がガザの人びとの苦痛を、数字でしか表現していないことに苛立った。自分の席に戻るとき、レポートに添えられた写真の、瓦礫の山の下に座って本――学校の教科書なのか、それとも詩集か、でなければ物語＝小説なのか？それは、パレスチナ解放闘争の輝かしい歴史を教える教科書？　民族の誇りと夢を謳う詩？　あるいは、戦争がなかった時代のオリーブとオレンジを育てる彼女の祖父母たちの世代の大地を耕す人びとの物語？――を読む少女の姿が、眼の奥にたゆたうのを意識した。席に着くと、空になっていたグラスに、自分でビールを満たして、ひと口ほどを口に含んで、自分の妄想を鎮めるためにゆっくりと飲み下した。ごくりと喉が鳴った。それを見守っていたミソルが、さっき、唐突だ、と言ったことを取り消すように口を開いた。

――あまり報道されないけど、イスラエルの攻撃がずっと続いているのは、なんとなく気になっていた。ガザって「天井のない監獄」とか言われているんでしょ？

――あなた、その言葉知ってたんだ……うん、そう。そう言われている。ガザの状況が年々悪くなっているのは、さっきのデータの通りでね。で、Oさんが二〇一四年にパレスチナ暫定自治区のヨルダン川西岸地区に行ったときに感じたこととして、パレスチナ人は民族的権利など訴えずに自分の立身出世だけを考えれば、そうできる状況がつくられている、と書いているんだ。

――それは、パレスチナ人だけど、パレスチナ人じゃなくなればなんとかなるのだ、ということなのかな？ほら、似たような経験を、わたしたちもさせられたでしょ、ね。忘れてないよね、ヨンヂュンさん！

ヒャンスギが、なにがあったんですか？という眼をしてヨンヂュンを見てから、視線をミソルに向けた。ミソルがその眼に気づいて、ためらいがちに唇を動かした。

――もう……もう、時効よね……。そう、実を言うと、あれでヨンチュンさんの上のお兄さんとヨンチュンさんが怒鳴り合いの口論になって、それ以来、縁切り。といっても、こちらの一方的な、というか、精神的に断絶しておく、ということだけど……。

――まあ、こちらから接触しない。両親の法事には嫌でも会わなければならないが、それ以上のことはしない、程度のことだけどね。きょうだいなんて、そうなっていくものじゃん。親子の関係とは違うよ。

それを聞いて、うんうん、とうなずいたミソルが、ヒャンスギをまっすぐ見て話し始めた。

――簡単に言ってしまうと、こうなのよ。シアボヂ《義理の父さん》の三回忌の法事のとき、なぜか甥っ子らの進学の話になってね。まだ、上の子が保育園の年長さんで、翌年の春に小学生、というときだった。話の流れで、言わざるを得なくなったけど、わたし、あまり言いたくなかった。反応、わかるもん。けど嘘もつけないから、うちの子らを朝鮮学校に行かせることにしている、と話したのね。そのときは一同、ふーん、という感じだったけど……。

――その感じ、わかります、とヒャンスギが合いの手をいれた。

――ねえ、それで終わってくれてたら、居心地が悪い、ですんだのに、まだ続きがあったのよ、と首をヨンチュンに向けてうなずき、ヨンチュンが少し首を縦に動かすのを確かめた後、話を続けた。

――法事の後の食事の席ね、お酒が進んだヨンチュンさんの上のお兄さんが、わざわざわたしを席に呼んで、眼の周りを酔いに赤く染めた真剣な顔で、それも憤懣を抑える感じで、「そちらは、いつか韓国に帰るの？ 帰らないよね。じゃあずっと日本で生きていくんでしょ。ならば、日本国籍を取れば、法的な差別を防御できるし、世に出る切符をとりあえず受け取ることになるわけ。だからおれたちは帰化した。帰化は……まあ置くとしても、朝鮮学校に行かせるなんて、子どもの将来を本当に考えているの？」と、酔った人特有の大きな声でなじってきた……。それで、大げんか……。

――あたしの周りでもそんな諍いあります。よく聞かされますよ、その類いのこと。

――ね、だから、さっきのOさんの観察したパレスチナの状況と、わたしら在日の状況は、〈○○でさえなくなれば……〉という、本当は自由ではない強制……。そういう意味で、似たような状況なのかな？

――似ている、とはいえ、歴史の細部が異なるから、まったく同じだとは言えないだろうけど、類似する、ということかな。Oさんによると、ガザやヨルダン川西岸のパレスチナ自治区のパレスチナ人は、移動の自由もない、民族的な自己決定権もない、そんな故郷にいるより、どこかに移住した方が自由に生きられる、という状況が、イスラエルによって強権的につくられているわけだよ。けれど、パレスチナを離れればイスラエルの占領の既成事実化に与することになる。だから、パレスチナ人は自らの地に留まり「私はパレスチナ人だ」ということを忘れない、それが抵抗なんだ、と大多数のパレスチナ人は考えていると書いていた。ここからOさんは、パレスチナと在日の状況に橋を架けるんだな。

ヨンヂュンはグラスに残っていたビールを飲み干して、かたんと音を立てて、グラスをテーブルに戻した。あたかも、上方の落語家が見台を小拍子で打って、場面を切り替えるように。

——在日朝鮮人も日本政府に弾圧されて、抑圧されている。そうしたうえで、歴史も朝鮮人であることも忘れて、ひいては否定して、日本人として生きていけば楽だろうという状況がつくられている。すると、日本政府の標的は、おのずと明確に絞られるわけだよ。服従せず抵抗する民族団体や個人……。とくに朝鮮学校は朝鮮人のアイデンティティを育む場所だからこそ、日本の官民をあげて攻撃される。ガザで難民キャンプが徹底的に破壊され、学校が攻撃目標にされているのも、ガザが植民地主義に対して文化的に抵抗する拠点であるからだ、と指摘していた。

ひどく真剣な眼差しでじっとこちらを見ているヒャンスギに気づいたヨンヂュンは、スギ、どうした？ と思わず声をかけた。

——オッパ、あたしの事務所の看板、当たり前で、それで無意識だったけど……「ここに朝鮮人がいる」という気持ちがあったのは確かだったんですよ。……とにかくあたしは、「張香淑税理士事務所」の看板は下ろさない！

——スガー！

感激をそのままに、明るく喜びを声にしたミソルが、立ちあがって冷蔵庫から新しいロング缶を出してきてみんなのグラスを満たした後、それを掲げた。ふたりも立ちあがった。ヨンヂュンが「절망적인《チョルマンチョギン》 희망을《フィマンウル》 위하여《ウィハヨ》(絶望的なる希望のために)」と、低く言うと、ふたりが「위하여」と応じて、少し強めにグラスを合わせた。

それぞれがグラスのビールを飲み干したのとほぼ同時に、テレビから速報を知らせるシグナル音がまた届いた。三人はテレビに集中した。テロップは「午後五時三分　安田元首相の死亡確認　病院が発表」と表示された。三人は息を呑み、一瞬見つめ合った眼を逸らして腰をおろし、唇を引き締めて沈黙を守った。やがて、ヒャンスギがきっぱりとした声で沈黙を破った。

――オッパ、オンニ、あたし帰ります。オモニの夕飯をこしらえないといけないし……。

――ああ、そうか……そうだな。うん、オモニによろしくな。

――また明日ね……。내일 보자!――ネイル ポヂャ!

――はい、また明日。

ミソルが鍵を解き、ドアチェーンを外してドアを開けた。とたんに、激しい暑気と〈魔の時〉の騒音が、三和土と玄関の框に立つ三人の全身に襲いかかってきた。

主な引用・参考文献

朝日新聞「クラブでライフル乱射」（一九六八年二月二十一日付、十二版、十五面）

阿部小涼「死に損ない、生き損ないたちの連帯可能性について」『現代思想　パレスチナから問う』（青土社、二〇二四年二月号所収）

雨宮処凛『この国の不寛容の果てに　相模原事件と私たちの時代』（大月書店、二〇一九年）

上杉慎一「安倍元首相が撃たれた日　～テレビが伝えた7月8日～」『放送研究と調査』（ＮＨＫ放送文化研究所、二〇二二年十一月号）

鵜塚健、後藤由耶『ヘイトクライムとは何か　連鎖する民族差別犯罪』（角川新書、二〇二三年）

大江健三郎「政治的想像力と殺人者の想像力」『持続する志全エッセイ集第二』（文芸春秋社、一九六八年所収）

岡真理「ガザ、不正への抵抗が生まれる場所」『朝鮮新報』（二〇二四年四月二十六・二十九日合併号）

岡真理「小説 その十月の朝に」『現代思想　パレスチナから問う』（青土社、二〇二四年二月号所収）

岡真理『アラブ、祈りとしての文学（新装版）』（みすず書房、二〇一五年）

呉圭祥『在日朝鮮人差別史ノート』（ハンマウム出版、二〇二三年）

笠井潔「『心的外傷としてのテロリズム』の時代」『飢餓陣営 vol・57』（編集工房飢餓陣営、二〇二三夏号）

北野隆一、殷勇基、安田浩一『引き継がれる安倍政治の負の遺産』（社会評論社、二〇二二年）

金時鐘「日本語のおびえ――閉ざされた金嬉老の言葉を追って」「揺らぐ燐光」『「在日」のはざまで』（平凡社ライブラリー、二〇〇一年所収）

窪田順生「宗教団体を恨んで安倍氏狙う不条理……犯人は『ヘイトクライム』思考の典型だ」（https://diamond.jp/articles/-/306393、二〇二四年五月三日午前九時閲覧）

郷原信郎『「単純化」という病　安倍政治が日本に残したもの』（朝日選書、二〇二三年）

高史明「悲劇の転生　金嬉老事件裁判弁護側証人としての証

言」『彼方に光を求めて』（筑摩書房、一九七三年所収）
五野井郁夫、池田香代子『山上徹也と日本の「失われた30年」』（集英社、二〇二三年）
酒井由人「『銃声が耳にこびりついて消えない』安倍元首相襲撃の一部始終」（https://nordot.app/919851945974251520?c=39546741839462401、二〇二四年五月三日午前九時閲覧）
篠原修司「『安倍元総理を撃った犯人の名前と顔写真はこちら！』というSNSやトレンドブログの情報に気をつけて」（https://news.yahoo.co.jp/expert/articles/839d111c3c0f7816d14b7b57e59cfa643fd38cb3、二〇二四年五月三日午前九時閲覧）
ジャパン・プラットフォーム「パレスチナ・ガザ人道危機対応計画（二〇二三年十二月）」（https://www.japanplatform.org/data/media/japanplatform/page/emergency/program/gaza2014/plan2023_gaza2014.pdf、二〇二四年五月六日午前九時閲覧）
鈴木道彦『越境の時　一九六〇年代と在日』（集英社新書、二〇〇七年）
鈴木道彦『余白の声　文学・サルトル・在日』（閏月社、二〇一八年）
鈴木道彦『私の1968年』（閏月社、二〇一八年）
角南圭祐『ヘイトスピーチと対抗報道』（集英社新書、二〇二一年）
『世界』特集「安倍政治の決算」（岩波書店、二〇二三年八月号）
朝鮮新報「〈ウトロ放火事件〉被告に懲役四年求刑／最終陳述で脅迫まがいの発言も」（二〇二二年六月二十二日付）
中村一成『ルポ　思想としての朝鮮籍』（岩波書店、二〇一七年）
中村一成『ウトロ　ここで生き、ここで死ぬ』（三一書房、二〇二二年）
野崎六助『魂と罪責　ひとつの在日朝鮮人文学論』（インパクト出版会、二〇〇八年）
埴谷雄高『死霊I』（講談社文芸文庫、二〇〇三年）
本田靖春『本田靖春集2　私戦　私のなかの朝鮮人』（旬報社、二〇〇二年）
森崎和江『森崎和江コレクション　精神史の旅　1　産土』（藤原書店、二〇〇八年）
安田菜津紀「父はなぜ、ルーツを『語れなかった』か」『世界』特集「安倍政治の決算」（岩波書店、二〇二三年八月号）

マンチェスター詩集

大《おお》田《た》　美《み》和《わ》

マンチェスター空港で

空港で
大きな首飾りをかけては
ハグをして、
首飾りを外してはまたかけて
ハグをする
再会と別れを惜しむ
インドかパキスタンの人たち。
その首飾りの意味はわからなくても、

喜びは分かち合える。
空港の小さなカフェの
フル・イングリッシュ・ブレックファスト。
十八時間の旅だった。
戦闘中の空は飛べないから
北極海に出るまでの揺れに身を任せた。
ベーコンエッグと焼きトマト、
ブラックプディング、
大きなマッシュルーム、
フレンチフライ、
ベイクドビーンズ。
ウェイターが
「あなたのために
特別なソースをご用意しました」と
ハインツのケチャップと
「リアル・マヨネーズ」の籠を持ってくる。
マンチェスターへ
ようこそ。

花筏

マンチェスターからこんにちは。
ガラス張りのバス停に貼られた
チラシの写真を送ります。
「マルクス主義２０２３」
「資本主義は危機を意味する」
「社会主義は可能か？」
エメラルド、ひまわりの色、赤旗の色
きれいでしょ？
季節が変われば捨てられる
桜の花びら、
花筏。
大通りを疾走する宅配の自転車、
スマホアプリのタクシー。
乞食になれるのは体力のある人だけ。

家具も食べ物もない部屋で
弱っていく人たちは
見えない。
美術館では
ロックダウン中に
生活保護を打ち切られて
餓死した人のために
抗議した人たちの映像が流れていた。
ほら、バスの座席のお母さんに
しがみついた子どもが見える？
お母さんの背中を触っている。
透明なガラスに遮られて
届かないけど、
見える？　感じる？

マンチェスターの食堂で

お盆が見当たらないので
玉子スープを入れたお椀を
上からつかんで歩いていると、
さりげない優しさで
敷皿を差し出してくれる
いつもは鋭い目付きで
店に入ってくる客と出て行く客を
見張っているマスター。
彼も彼の妻も
朝から晩まで働いて
太る暇がない。
「三十年働いたら
貯めた金で世界旅行をしよう」
そんな夢はどこに行ったのか。

バナナフリッターに喜ぶ客と
杏仁豆腐を知らない客と
いろんな顔の客たちをさばきながら
今日も一日が過ぎていく。

「午後三時まで
うまい朝食を出す店だけど
愛想がない。」
ネットで書き込みされたからか
思ったより愛想がある。
やたらに振り撒かないだけなんだ。
砂糖二つといったら、
「それじゃ薄いからもう一つね。」
知り合いが「調子はどう？」と聞くと
相好が崩れる。
それでいいんだ。
この店も夫婦は太る暇がない。
夢はどこにあるのか。
始めからなかったのか。

バスの窓から

みんな行きなれた場所から出ない。
そんなに暇じゃないし
お金もかかるから。
それでも私はバスに乗り、
教会堂の合唱を聞きに行く。
美しい森のような
公園の外に広がる
汚れた商店街。
物乞いの若い女二人が
小銭を集めては
今日はこれだけ儲けたと
喜ぶ街角。
大きな西瓜や南瓜が
ゆったり置かれた青果市場。

インド料理店、
シリア料理店、
トルコ料理店、
婚礼衣装の店、
宝飾店。
「あんな街になっちゃって」
英語教師がつぶやいた。
今日のプログラムのタイトルは
「フル・イングリッシュ」。
朝ごはんなら構わないけど、
スコットランドやウェールズ、
アイルランドの歌はない。

あなたのように

ここは、
人を見かけで判断しない町。
中国料理店で
「ハシの使い方はわかるか」
と聞かれた。
初めての店で
「アレルギーはないか」
と聞かれた。
席を譲ろうとする若い女性に
I can manage.（大丈夫です）
と答えたら、
Are you sure?（本当に大丈夫？）
と聞かれた。
それでも

重荷や不安が
危ないほど丸見えの
若い人を見かけては、
老人にできることは何かと
気をもんでみる。
一人はどうにか救助した。
「三十年後に
あなたのようになりたい」
と言われた。

ベトナムの菓子

パブの食事が出てくるまで
時間がかかると
わかっていたはずなのに
頼んでから後悔する。
雪のウクライナから
マンチェスターに運んできた
エンゲルス像の前の
醸造所跡の洒落たパブ。
無料ツアーに参加するのはやめて、
ここにいるか。
「資本家からの伝言です。
八ポンド程度のチップを
ご用意ください」と
前日に連絡してきた

ガイドに会わずに。
ベトナムの
薫り高い揚げ菓子を
平らげた後も
ここに座って。

エンゲルスのマンチェスター

他人の善意を食い物にする
新自由主義が行き渡って
以前なら
名人芸を聞いた後には
行列を作ってチップをくれたのに、
わざわざメールで知らせなきゃいけない。
そこで少しのスパイスを入れる。
「資本家からの伝言です」
エドの無料ツアーが今日も始まる。
集合場所は、エンゲルス像。
ウクライナ共産党が崩壊した時に
胴のところで真っ二つ
雪に埋もれていたものが
マンチェスターに運ばれて、

もはや影も形もない
たくさんの工場とアイルランド人居住地を
睥睨する。
――雨が降ってきた。
地下室に住む貧民を水浸しにした雨が。
高架をくぐると、
ナポレオン軍の襲来に備えたパブ。
運河を渡ると、
ハレ管弦楽団のコンサートホール。
トラムの線路の向こうの展示場は
自由貿易センター跡地。
自由貿易か穀物法か
ブレグジットと変わらない。
――ほら、日が差してきた。
このあたりがピータールー・フィールド。
六万人の平和集会を襲った騎兵隊は、
妊婦も殺した。
初めての秘密投票を実施した広場。
エンゲルスとマルクスが通った中世の図書館。
若きエンゲルスが書いた

『イギリスにおける労働者階級の状態』は、
「学問とか理論とか気にしなくていい。
パッションがある」
とマルクスがほめた。
マンチェスターは今もなお、
雨が降っては
虹が出る。

解体屋

中《なか》島《しま》　和《かず》弘《ひろ》

講習と試験は日本語で
建築士・建設機械施工技士・土木施工管理技士・解体工事施工技士
車両系建設機械運転技能・整地運搬積及び掘削積込・ガス溶接技能
玉掛け技能・移動式クレーンの運転技能・とび工
アスベストの建築物解体に関わる技能　等々

最低五年の経験と　あれこれ修了証いろいろ
とれなきゃ　下請けの　そのまた下請けの　闇

やっと手にした業者登録と
現金現物交換の　中古ユンボ
此奴のために
ごっそり　テーブルに積んだ
まるまる　闇仕事の蓄え

解体主任者ベトナム人グエンと
ファンは足場の主任者で
まだ片言日本語のクルド人アラエとシニは
日払い雑役で　仮放免の繰りかえしだが

社長の陳も　みんな
外注の　「ひとり親方」

「大丈夫」ッテ　中国ジャ「リッパナオトコ」ナノニ
日本人ハ　イツモ　「ダイジョウブ?」　トイイ
ナンデモ　「ヨロシクー」ダヨ　我不明白(wo bu mingbai)!

我来(wo lai)!我来!　交給我吧(jiao gei wo ba)
なんとか建っているやつ　潰れたやつ
向こう三年は　行(xing)!行!行!

この国は
大地震と
洪水　台風

バブルの古ビル
そして　空き家　九百万戸
ここで　生きのびる

我不明白　意味わからない
我来！我来！交給我吧
　　俺にまかせろ

宗秋月を読み直して、政治と文学を振り返る

林《はやし》 浩《こう》 治《じ》

　盧溝橋事件の日に東京都知事選があったが、管見では戦争反対を言う候補者はいなかった。同日二〇時には開票と同時に現職の小池百合子の当選確実が報道された。

　小池都知事は関東大震災時の朝鮮人犠牲者追悼式典に追悼文を送っていない。歴代知事が送っていた追悼文を出さなかったのは歴史改ざん主義との誹りを免れない。

　関東大震災の起きた一九二三年は、一九一〇年の日韓併合、朝鮮王朝の滅亡から十三年目、日本に在住する朝鮮人の数は一〇万人に達していたと思われる（水野直樹・文京洙『在日朝鮮人　歴史と現在』岩波新書）。植民地支配されて土地や職を奪われて日本に流れて来た朝鮮人たちが、在郷軍人を中心とした地域住民の自警団によって虐殺されたのだ。これは自然災害で死んだ者とははっきり区別すべき事象だ。

　震災後も食い詰めた朝鮮人たちの日本渡航は増加し、一九三〇年代半ばには六〇万人を超えていた。

　詩人宗秋月の両親もその頃それぞれ朝鮮南端の島済州島から渡日した。二人は九州で見合い結婚した。互いに再婚であった。その後、佐賀県小城町に開拓農民として定着した。

　宗秋月が生まれたのは一九四四年の夏だった。戦後集落でただ一人、日本語の読み書きのできる者として育った。中学を卒業すると就職先が見つからず、単身、大阪猪飼野を訪ね、朝鮮人が営む縫製工場に住み込んだ。やがて詩を書くようになり、大阪文学学校に入学した一九六六年頃、ヘップサンダルの貼子に転職。以来職を転々としながら、詩を書き、一九七一年に『宗秋月詩集』としてまとめた。

　しかし、言葉の力にたいする不信から十余年のあいだ詩を書かなかった。宗秋月は詩人で在りながら、言葉を

操るものではなかった。

宗秋月の名を知ったのは、一九八五年『新日本文学』三月号に掲載された「文今分オモニのにんご」だった。この短文に衝撃を受けた読者は、少なくなかったと思う。

〈朝鮮の女たちの、在日の女たちの前で、文字が、言葉がいかほどの意味を持とうか。〉

宗秋月は痛みを伴う身体でのみ詩をつづった。

佐賀県で生まれた宗秋月は、佐賀言葉と父母の母語である済州島言葉、集落に集まった朝鮮人たちの陸地（朝鮮半島本土）言葉を聞きながら育った。複雑なディアスポラ言語環境で在日言語を身につけていった。

〈時間はシガンで米はサッルで、りんごはにんごなのだ。〉

一九八四年秋、宗秋月は文今分（宗秋月は「ムンコンブン」とルビを振っているが、漢字の読みとしては「ムングンブン」）オモニと出会った。文今分さんは九歳で日本に来て、学ぶ機会を得ぬまま働いて結婚して子供を育てて歳を重ねた。夜間中学に通うようになり、日本語の文字を覚え詩を書くようになった。原初の詩である。

わたし　　　　文今分

人間が生れる時に私も生れた
親の死に水とらぬ私
故郷思えば
せつないばかり

いつもいつも思うよ

文今分が差し出したこの詩に宗秋月は絶句して涙をこぼした。清冽で明度の高い、しかし激烈に歴史を穿つ、意図しない批判精神に満ちた詩だ。知識ではなく肉体によって描かれた詩だ。宗秋月は佐賀の母親を重ね、鬼である自分を省みた。

当時私は大宮で「日本と朝鮮を知る文学読書会」という、主に在日朝鮮人文学を読む集まりをやっていたので、九月の例会で「文今分オモニのにんご」を取り上げ、翌年十一月の例会では発行されたばかりの『猪飼野タリョン』（一九八六年七月　思想の科学社）を読んだ。

読書会のメンバーの一人は夜間中学をつくる会の運動をしていて、文今分オモニと面識があった。読書会は盛況だった。出版社に読書カードを送ると、著者本人から礼の葉書が届いた。

故人の赦しを得ないで引用する。〈言いたい気持ちが先走っていて、好きでない文体だとありましたが、その通りなのです。が、何で叫ばずにおれましょうか。〉

宗秋月の文学は、文字持たぬ者の巧まぬ諧謔、粗野で卑わいだが深遠、日本の地方語と朝鮮語の混じった在日言語で、恥を晒す恥を恐れる自己を恥じながら叫ぶものであった。理路整然とした論文でも分かりやすい説明文でもない。

宗秋月は二〇一一年四月、六十六歳で死んでいる。東日本大震災の年だ。それから五年後、二〇一六年九月に『宗秋月全集――在日女性詩人のさきがけ』（土曜美術社出版販売）が発行され、私の手元にも届いた。

第二次安倍内閣が発足して四年、七月には相模原の障害者施設で十九人が殺害されるヘイトクライムが発生し、翌月のリオデジャネイロ五輪閉会式に安倍晋三首相がマリオに扮して登場するという茶番が演出された。私は早期退職して三年、家で老いた母の介護を続けていた。

『宗秋月全集』をぺらぺらと捲っていると、「『流域』56に寄せて」というエッセイが目に止まった。〈出会ってからの、そう長くない時の流れの中で、日本人もまんざらではないなあと、思えるような人々と友だちになった。〉で始まる。その友だちに読まされた『流域』という雑誌は労働者文学の雑誌で、そのてのものに宗秋月はうんざりしていたにも拘わらず、福島久嘉の「出向」という小説に夢中になった、という話だ。

福島久嘉という名は懐かしかった。『流域』という雑誌は文革時代の中国にシンパシーを持った左翼文芸誌で、初期のメンバーには直木賞作家の古川薫や、古川と同じく山口県在住で幕末物の書き手であった冨成博、自衛隊出身作家だった中田潤一郎、詩人の礒永秀雄などがいた。古川薫や中田潤一郎は私が入会した頃には退会していた。礒永秀雄は他界していた。その他九州の労働者作家波佐間義之の名も誌面に見られた。

私が流域文学会を辞めてから暫くして、代表だった冨成さんも『流域』を去り東京に居を移した。

『流域』は政治的党派色が濃かった。それを会内部でリードしたのは、劇団はぐるま座の書き手たち、福島久嘉、山本卓、富田浩史といった人たちだったのだが、彼らは彼らで内部対立していた。

二十代前半の私は流域文学会東京支部の夜遅い会合も、大阪や山口での会合に夜行列車や新幹線で参加するのも楽しみだった。東京支部の会合はだいたいルノワールの大崎店だったように思う。昼間の会合は市民会館のようなところの一室を借りていた。メンバーは男性労働者で左翼団体党員であるMさん。日中友好協会（正統）

の会員で中国語に堪能な女性のNさん。若い工場労働者だった女性のSさん、農業系新聞の記者だったOさんと私が主だったメンバーで、総じて若かった。平均二十五歳前後ではなかったろうか？　Sさんの職場での恋愛問題がこじれた辺りから自然消滅へ向かった。

福島久嘉は劇団はぐるま座の座付き作家兼演出家だった。下関の会合の後、福島に誘われてバスで山口市に向かい観光案内されたことがあった。瑠璃光寺や毛利家墓所を巡った。温泉に入って裸の付き合いもした。

宗秋月が感動した福島久嘉の「出向」は読んだことがない。私が流域文学会に属したのは一九八一年頃までの数年だった。五十六号にはほど遠い。

福島と対立したと思われる山本卓はインテリの演劇家然とした雰囲気で、農民風の福島とは対照的だった。山本ははぐるま座の代表作として当時もてはやされた「川下の街から」や「南の島から」の作者で、小田和生作の「高杉晋作と奇兵隊」、「亡国の構図」（田中正造を描いた）の演出をした劇団の中心メンバーの一人だった。彼は二〇〇〇年に他の団員と共に劇団を追放され、別の劇団を結成して活動したと聞く。実兄は新日本文学会の会員だった。

山本の主張は〈偏った政治に演劇芸術を解消する、人間不在のスローガン式・政治主義芸術を拒み、あくまでも人間を極める舞台芸術の創造〉だという。つまるところ山本が脱会したはぐるま座は政治主義的で人間が描かれないスローガン演劇だと言いたいようだ。宗秋月の福島作品評とは正反対だ。

山本卓らより早くはぐるま座や流域文学会から離れた人に長尾真がいた。長尾は『子午線』という同人誌を立ち上げ児玉繁信、冨成博らが参加した。朝鮮・韓国へのシンパシーを見せ、韓国の詩人金明植の詩を紹介したり、韓国文学に詳しい愛沢革の翻訳やエッセイも掲載した。また詩人の井之川巨に戦前の朝鮮人詩人で中野重治らと交流のあった金龍済を批評させたりもした。本人も「長尾真」名の外、清水慎吾として小説を書いたり、甲斐与志夫というペンネームも多用した。長尾は新日本文学会でも活躍したが、会解散後、ベトナムに行ったと噂を聞いたが消息不明だ。

『子午線』第三号には、編集同人四名の内に北山峻の名が見える。私とは古い付き合いだった。牛乳瓶の底状の分厚いレンズの眼鏡をかけていた。北山は鉄パイプで殴られ頭蓋骨陥没した経験を持つ猛者だった。結婚後しばらくのあいだは学習塾を経営していたが、その後身体を悪くして静養していると聞く。一九九八年に『中国革命の光と影』という新書サイズの本を出版した。

一九八六年、私は大宮の読書会で知り合った数人と『愚行』という文学雑誌を始めた。月一回の作品合評会と年一回の雑誌発行を十年続けた。創刊号に私は下手くそな「金史良論」を書き、金廷漢の「沖縄から来た手紙」の翻訳を掲載した。

その頃私は『季刊三千里』『ウリ生活』『民濤』など在日朝鮮人の雑誌にいくつかの評論を書いていた。そのためだと思うが、一九九〇年頃新日本文学会の事務局にいた愛沢革に入会を勧められた。一旦回答を保留した私は小野悌次郎に相談した。小野は大宮市が一九八四年四月から五月にかけて六回連続して開催し、金泰生、金石範、李恢成を招いた講座のチューターを務めていて、その時以来の付き合いだが、國學院の十五年先輩でもあった。

小野の返事は曖昧なものだった。後で知ってみるとその頃の小野の新日本文学会での働きは過重労働だったようで、教員としても大変だった小野の身心の負担は相当だったようだ。結局、愛沢と小野の推薦で入会に至った。早速何か書けと言われ、「金泰生の日本地図」という評論を書いた。これは『新日本文学（通信版）』一九九〇年八月号に掲載された。当時、財政困難のために季刊だった『新日本文学』は本誌の発行の無い月に「通信版」と称した薄い飾らない雑誌を発行して会員に配布していた。

新日本文学会に入会した私はすぐに幹事会や編集委員会に招集されるようになった。幹事会では文学的討論より破綻している財政をいかに立て直すかという、答えの無い討議が続き、長期会費未納の会員にいくらかでも払って貰おうということになった。私は会費未納の会員は退会で良いという意見だった。結局督促してもダメな場合は退会扱いとするということになってしまった。

宗秋月さんも入会以来払っていない長期未納会員だった。新日本文学会は久保覚編集長の時代（一九八四〜八七年）に韓国の民衆芸術運動に連携した運動を展開した。「文今分オモニのにんご」もその時期に発表された。おそらくその頃に宗秋月は名だけ会員になったのだろう。本人が了承しないまま会員名簿に入れられたのだ。会員として自覚していない人間に、あなたは会員なのに会費を払っていないのはけしからんから金払えと言ったところで、言われた方は迷惑だ。詐欺のようなものだ。しかし、その役割は私に回ってきた。在日朝鮮人文学について書いているのだからおまえがやれ、ということになった。

私は中身のすかすかな手紙を書いた。会は宗秋月文学を高く評価しているし貴女が会から去ることになれば残念だ。だから数ヶ月分でも良いから会費を払って下さい、というような内容だったと思う。もちろん返事はない。こんなアホな行為を自分の名前を署名して行わなければならなかった。

『新日本文学』は二〇〇四年十一・十二月合併号で終刊となり、翌年三月「新日本文学会解散記念講演会とパーティー」が行われた。そのあたりの事情に関しては、解散後二〇〇五年十一月発行された『「新日本文学」の60年』（七つ森書館）所収の小沢信男「新日本文学会の半世紀」、針生一郎「本誌終刊と会解散の責任者として」、長尾真「新日本文学会の解散」を読めば分かる。

新日本文学会解散の翌年二〇〇六年九月発足した安倍自公政権は、二〇〇七年八月までの一年足らずで終わったが、二〇一二年年末に発足した第二次安倍政権は、嫌韓・反北朝鮮のネトウヨ世論を背景に周到なポピュリズムを駆使して、文学とは正反対の方向に邁進した。

安倍晋三は二〇二二年七月八日午前、世界平和統一家庭連合（旧・統一教会）の被害者によって射殺された。

本年七月の東京都知事選で、学歴詐称疑惑、三井不動産や電通との癒着など様々な疑惑の晴れない小池百合子が当選した。二位には前安芸高田市長で印刷代金踏み倒しで有罪ながらも、TikTokやYouTubeなどのSNSを駆使したマッチョ発言で人気の石丸伸二が票を集めた。立憲民主党や共産党、社会民主党などが自主応援した蓮舫は落選後もバッシングを受けた。

都知事選の翌日は、安倍晋三が殺されて二年目の日だった。この日本は未だに文学を遠ざけ、暴力がはびこっている。宗秋月の霊魂が鼻で笑っているかも知れない。

なぜ在日朝鮮人文学を読むのか？

宮《みや》沢《ざわ》　剛《つよし》

東京・九段にある二松学舎大学で非常勤講師として在日朝鮮人文学を教えている。今年（二〇二四年）の春に大学を卒業した次男が一〇歳の頃から始めたので、もう一四、五年になる。毎年、教える内容は少しずつ変わっていくが、張赫宙や金史良《キムサリヤン》などの植民地時代の作家から柳美里《ユウミリ》や深沢潮などの現代の作家まで、主要な在日朝鮮人作家を時代順に取り上げて行く流れは変わらない。また、具体的な作家や作品を紹介する前に、近代史の知識が乏しい学生を念頭に、日本による朝鮮の植民地支配の歴史や在日朝鮮人が生まれた経緯などを説明し、その後に〈なぜ在日朝鮮人文学を読むのか〉という、蛇足かもしれない授業も毎年続けている。

科目名は「日本文学講読」で、主に三、四年生の学生が対象だ。漱石や太宰、あるいは明治文学や白樺派文学などを取り上げるのなら、それらを〈なぜ読むのか〉などの問いは不要だろう。学生にとっても名前を聞いた事がある有名な文学者について学ぶ事に疑問はないだろう。しかし、この授業で取り上げるのは、ほとんどの学生が聞いた事のない名前の文学者ばかりである（柳美里や金城一紀を読んだ事があるという学生は毎年数名いる）。また、在日朝鮮人文学は、それを担う文学者たちによって〝自分たちの文学は日本文学ではない〟という意志の基に作られたジャンルだ。それを「日本文学講読」で教えるのは、違和感もあるし、少なからぬ後ろめたさもある。それで以前は、「日本文学」という枠組を相対化するために読むと話してきた。自明の前提である「日本文学」という枠組は、決して中立でも非政治的でもないイデオロギーの産物である事を、在日朝鮮人文学を学ぶ事で理解しようと語ってきた。

しかし、六、七年前から、そうした学術的な意義付けをしなくなった。学術的意義付けを必要としないほど、在日朝鮮人文学を読む事は重要な意義を持つようになった。在日コリアンに対する苛烈な差別・ヘイトが常態化してしまったからだ。つまり、日本社会の在日コリアンをはじめとするマイノリティに対する差別の遍在化が、在日朝鮮人文学の重要性を高めてしまったのである。学生たちも、そうした空気を感じてか、やはり六、七年前から受講する学生数が、三〇人前後から六〇~一〇〇名まで急増した。

近年では〈なぜ在日朝鮮人文学を読むのか?〉をテーマにした授業は、在日コリアンに向けられた差別・ヘイトの事例を紹介し、在日コリアンの人々が置かれている厳しい現状を伝える事から始めている。そして、差別やヘイトは在日コリアンの問題ではなく「日本社会の問題」であるという、姜信子の言葉を紹介し(1)、学生に当事者意識を持たせようとしている。今年の授業では、学生が広い視野から自分の当事者性をイメージできるように、イスラエルによるガザの虐殺を鏡のように使い、日本人が在日朝鮮人文学を読む意義を伝えようと試みた。以下、授業で配布した資料に引用した文章を紹介しながら、授業の流れを辿ってみる。

姜信子の文章の後に、岡真理『ガザとは何か』(大和書房 二〇二三年)から、二〇二三年一〇月七日を起点にイスラエルのガザ虐殺を見る事の誤りを指摘した文章を紹介した。

十月七日の攻撃について、イスラエルのメディアは、残忍で血に飢えたテロリストの所業と報じました。(中略)/しかし、歴史的文脈を踏まえたならば、彼らがユダヤ人憎しで民間人を殺しまくるテロリストだというのは、事実とまったく異なるということです。民間人を巻き込む作戦の是非は厳しく問われなければならないけれど、この軍事攻撃自体は占領された祖国解放のために実行されたものです。/イスラエルが躍起になって否定したいのがこのことです。祖国を占領から解放するために、ガザのパレスチナ人の若者たちが死を覚悟して戦っている、大義ある戦いを行なっているというこの歴史的文脈こそ、イスラエルにとって最も都合の悪いことだからです。それは、自分たちがどのようにして国を創ったか、その血にまみれた暴力的な経緯を明らかにするものだからです。(八一、八二頁)

被抑圧者が行動を起こした時、その瞬間の構図だけで事件を語ろうとすると、往々にして歴史的・構造的な加害者にとって都合の良い物語になる。被抑圧者による抵抗の試みが日常の秩序を破壊する暴力行動に見えるからである。授業では、この後、イスラエルの建国から「十月七日」に至るまでの「血にまみれた暴力的な経緯」を年表風に紹介した。イスラエルの建国によりパレスチナ人の約三分の二が難民となる「ナクバ」（大災厄）が発生した事、一九六七年の第三次中東戦争によりイスラエルは東エルサレム、ヨルダン川西岸、ガザを占領し、今日まで続く不法占領体制を築いた事などを話した。それは、デモや選挙などの合法的・平和的な手段による正義の実現をことごとく阻まれ、国際的に認められている不当な支配に対する抵抗もイスラエル軍の圧倒的な軍事力によって甚大な被害となって返され続けたパレスチナの歴史を伝える事でもあった。

なぜ、遠く離れた日本人ですら容易に知り得るパレスチナの歴史を、イスラエルの人々は知らないのか。その疑問に対するひとつの回答として、ダニー・ネフセタイの『イスラエル軍元兵士が語る非戦論』（集英社新書二〇二三年）の文章を紹介した。ダニー・ネフセタイは、イスラエル空軍で三年間の兵役を務めた後、日本の埼玉県に移り住み家具職人をやりながら平和活動を続けている人物である。彼は、イスラエルの学校は戦前の日本のような「洗脳」教育ではなく、選挙の際は右派と左派に分かれて議論をするような「誰もが自由な教育を受けた」と感じられる場所であったと述べる。しかし、その一方でイスラエルの教育には次の様な偏向があったと語っている。

また、先ほど述べた第三次中東戦争で、イスラエルは占領した地域に住む３００万人以上のパレスチナ人に対して南アフリカのような人種隔離政策をとりました。／しかし、学校の教師たちはそんなことは一言も教えず、「この戦争によってイスラエルは旧約聖書で約束された土地に戻れた」と説明しました。（中略）歴史を教えられず、徴兵で初めてヨルダン川西岸地区に派兵されたイスラエル軍の兵士は、「なんでユダヤ人の土地にパレスチナ人が住んでいるんだ？」と疑問を持ちます。それどころか、「パレスチナ人がわたしたちの土地を奪った。パレスチナ人をやっつけよう」というまったく歴史的な事実を逆立ちさせた意識になっていくのです。（三九、四〇頁）

加害者としての歴史を教えられる事なく、イスラエルに都合の良い歴史（物語）だけを繰り返し教えられてきたイスラエルの子供たちは、学校教育を終える頃には自然とパレスチナのすべての土地はユダヤ人の土地であると感じるようになる。そして、ヨルダン川西岸やガザはパレスチナ人によって不当に占拠されているという被害者意識を抱くようになる。これが、加害者と被害者を入れ替えた「歴史的事実を逆立ちさせた意識」であり、イスラエル国内でしか通用しない自閉した意識である事は、イスラエルの外にいる者には容易に理解できるであろう。実際、イスラエルに暮らしていた時は自国の正義を固く信じていたダニー・ネフセタイも、日本に移住し、二〇〇八年のイスラエル軍によるガザ空爆を激しく批判する妻（日本人）の言葉に思考を促され、自分が「歴史的な事実を逆立ちさせた意識」の持ち主であった事に気付く[2]。

　イスラエルの外から見れば自明なイスラエルの加害者性も、イスラエルの内部にいると見えなくなる。同じ事が日本でも起きていないだろうか。そうした問い掛けをするために、黄英治《ファンヨンチ》のエッセイ「ますます悪くなる、けれども」を紹介した。今年一月に群馬の県立公園で起きた、群馬県による朝鮮人追悼碑の撤去を批判した文章で、労働者文学会のホームページに掲載されている。

　群馬県が1月29日、県立「群馬の森」（高崎市）にあるアジア・太平洋戦争で戦時強制動員（徴用・強制連行）された朝鮮人犠牲者の追悼碑を行政代執行で撤去した。（中略）ところで、こうした動きを後押ししたのが、歴史修正主義者・レイシスト団体らの組織的な県議会への「請願」や、執拗な街宣活動であったことは見逃せない。／大日本帝国は敗戦時、徴用工や軍隊慰安婦の強制動員（連行）の証拠を組織的に焼却した。にもかかわらず、それの資料（証拠）は多数発掘されており、これに基づく、「強制連行はあった」との学術的な評価も定まっている。なのに、司法が、このような証拠と評価に依拠した発言を「政治的」として封じ込め、慰霊碑や追悼碑などの歴史的建造物をふくむ記憶、追悼と反省・友好の空間を根こそぎする（東京・横網公園の関東大震災朝鮮人虐殺の追悼碑をめぐる攻防、強制連行についての解説文の改ざんなど――根こそぎしようとする）動きが日本各地で現実化している。／群馬の追悼碑は、土台さえもバラバラに砕かれ、瓦礫となった。ガザ市街のように――。（（ ）内は原文。原文は横書き。 http://www.rr.em-net.ne.jp/~said3defense/newpage4.html 四月一三日閲覧）

群馬県は、朝鮮人の強制連行がなかったと言っているわけではない。「強制連行」に言及するのは、歴史的事実に基づいた発話ではなく、政治的発話だと主張している。裁判所は、県のその判断にお墨付きを与えたのである。確かに歴史修正主義者・レイシスト団体は、自分たちの主張の学術的な正しさを証明しようとしているわけではなく（もし学術的正しさの証明を目的としているのなら、まったく違う活動をしているはずだ）、慰安婦・徴用工などの歴史問題を政治問題化する事を狙っているのだと思われる。歴史学では朝鮮人の労務動員に強制連行があった事は常識の範疇だ。実証の手続きを踏む歴史学者なら否定する者は一人もいないだろう。しかし、レイシスト団体は、強制連行はなかったとする〈説〉を声高に唱える事で論争的状況を仮構し、「強制連行」を左派と右派が主張を戦わせている政治的争点のように偽装する。そうする事で、学校や公園などの公的な場から日本の加害の歴史を「撤去」しようとしている。県も裁判所も歴史修正主義者・レイシスト団体の、そうした言説編成に協力する共犯者なのだと言える。

今の学生も日本による朝鮮・台湾の植民地支配や侵略戦争については知っている。その点では、イスラエルの生徒・学生よりは〝マシ〟と言えるのかもしれない。しかし、多くの学生は知識として知っているだけで、植民地支配や侵略戦争がアジアの人々にどの様な苦しみや痛みを与えたのか、戦後（解放後）、その痛みや苦しみはどの様に続いたのかについてはほとんど知らない（私もそうだった）。学生に限らず、日本人の多くが同様な歴史知識しか持っていないだろう。そうした被害者の苦難を欠落させた歴史知識の脆弱性が、歴史修正主義者につけ込まれる一因となったのだと思う。〝確かに日本は植民地支配や侵略戦争をしたが、それは、特別ひどい事でもなかった〟といった〈説〉が流布され得る環境だったという事である。実際に一九九〇年代後半から、そうした〈説〉が流布され、韓国や中国の被害者の証言が誇張や捏造と受け取られる状況が生まれた。更に、徴用工や慰安婦の問題は、日韓請求権協定（一九六五年）や日韓合意（二〇一五年）などで〝解決済み〟という〈説〉が流布され、被害者（遺族）が求めている法的責任を認めた上での謝罪や賠償が果たされていないにも関わらず、〝いつまで被害を訴え続けているんだ〟〝何回謝ればいいんだ〟といった主張が日本の世論に影響力を持つようになった。そして、いつの間にか、日本は韓国や中国からいわれのない加害責任を強要される被害者になった。「歴史的事実を逆立ちさせた意識」の誕生である。

だからこそ、破壊された朝鮮人追悼碑の向うに破壊されたガザ市街地の「瓦礫」を想起した「ますます悪くなる、けれども」の想像力は貴重なのだ。その想像力は、加害の歴史を否認する事で「瓦礫」を積み上げている日本とイスラエルの相似した姿を想起させ、植民地支配や侵略戦争の犠牲者を敵視する日本人の姿は、イスラエル建国の犠牲者であるパレスチナ人を敵視するイスラエル国民の姿から、そう遠くないのではないか、という疑念を呼び起こす。私たちはイスラエル国民と同様に、外の世界では通用しない内輪の論理が支配する閉塞状況の中を生きているのではないかという疑いが浮上するのである。

閉塞状況を生きている者は、大抵その事を自覚していない。イスラエルの学校がそうであったように、自分（たち）は自由な言論・情報環境に生きており、すべてが見えているし、見る事ができると感じている。だから自分には偏見などないと思っている。そうした閉塞状況を生きる者に、〝自分（たち）は閉塞状況を生きている〟と気付かせてくれるのは、閉塞状況の外にいる、あるいは閉塞状況の中に安定した居場所を持たない他者の言葉だ。他者の言葉は、一つの出来事を自分（たち）とはまったく違う視点から捉えた情景を開示し、同じ世界に生きながら自分（たち）とは異なる〈世界〉を生きている人々の生の様相を伝えてくれる。

他者の言葉は、証言集や評伝・自伝、あるいは映画などの映像作品でも接する事ができる。しかし、小説や詩は、それらのジャンルでは得られない体験を読者にもたらしてくれるのではないだろうか。その事を学生に伝えるために、小沼理が李琴峰の「ポラリスが降り注ぐ夜」（二〇二〇年）について語った言葉を引用した。

> 新宿二丁目にあるバー「ポラリス」に集う女性たちの群像劇で、レズビアン、トランスジェンダー、アロマンティック／アセクシュアル、バイセクシュアル、パンセクシュアルなどの人物が、それぞれの葛藤を抱えて物語を織りなす。登場人物の視点を体験することで、カテゴライズされた観念的なイメージにとどまらない「個」と出会える。／「ＬＢＧＴ」と一括りにされることもあるが、その生き方や感じ方は属性や個人によって異なる。自分もゲイを代表する存在では決してないし、他の性のあり方も日々学んでいる所だ。尊重し、知ろうとする、しかし完全には理解できるなんてことはないと思い続けることが大切だと考えている。（『朝日新聞』二〇二三年三月二五日）

「登場人物の視点を体験することで、カテゴライズされた観念的なイメージにとどまらない「個」と出会える」。これは、日本人が在日朝鮮人文学を読む事で得られる体験でもあるだろう。近年、官民挙げて〝理解増進〟

が唱えられているＬＢＧＴと比べ、在日コリアンに対する社会の理解は、加害の歴史の忘却と相俟って後退していると思われる。それだけに植民地支配と戦後の差別政策の歴史を学び、在日コリアンが生きて来た来歴を理解する事は欠かせない過程だ。それが、たとえ日本の帝国主義や差別政策の犠牲者という「カテゴライズされた観念的イメージ」を在日コリアンに抱く事になったとしても必要な過程だと思う。しかし、その段階に留まるならば、日本人は在日コリアンの「個」と出会う事はできない。「個」との出会いは、自分の認識枠組や世界観が揺さぶられる体験と不可分であるように思われる。つまり、自分に新しい知識や知見が加わるという以上に、自分の存在のあり様が変わる、あるいは破損するような、何がしかの自己変容が伴うのではないだろうか。日本人の在日コリアンとの出会いに即して言えば、自己変容とは、閉塞状況を生きている自己に気付き、閉塞状況に穴を穿つような体験なのだと思う。日本人読者は、在日朝鮮人文学を読み「登場人物の視点を体験することで」、自分は確かに閉塞状況を生きている（いた）と実感する事ができる。その実感は、自らの閉塞的生に穴を穿つ、最初の一撃になるかもしれない。

学生は授業を熱心に聴いてくれた。特に質問もなく授業を終えて教室を出ようとすると、一人の女子学生が近づいてきて「授業の内容とは直接関係ないのですが……」と話し掛けてきた。学生の方を向いて次の言葉を待っていると、見る見る学生の眼に涙が溜まってきた。驚いて「どうしたの？」と聞くと、「同じクラスの子が〝朝鮮人〟ってからかわれていたんですが、自分は何も出来なくて、ただ見ているだけで……」と言葉を詰まらせた。話し始めてすぐに涙ぐんだので、てっきり最近の出来事かと思って「いつのこと？」と聞くと、「小学校の……五年」と言うので、また驚いた。この学生は、小学生の時の体験がもたらした後ろめたさ、悔しさ、恥ずかしさなどの感情を約一〇年間も忘れられずに抱えてきたのだ。学生は続けて「こういう気持ちって、どうすれば……」と問うてきた。今度は私が言葉に詰まった。少し間が空いた後「こういうことは誰にでもあるって考えて気持ちを楽にしようとせずに、反対に、自分はすごい卑怯者だってひたすら自分を責めるのでもなく、心の片隅に置き続けて、時々心が痛むぐらいが丁度いいんじゃないかな」と、中途半端な返答しか出来なかった。慌てて「自分にも、そういう記憶がいくつもあって、だいたい女性への差別的な言動なんだけど、思い出すと痛恨でいたたまれない気持ちになることがある。それは何十年経っても消えない。だけど、そのお陰で差別を他人事とは思わずにいられる。差別をするのがクズのような人間だけなら分りやすいんだけど、そうじゃないから厄介なんだよね」と付け足した。学生は、少しホッとしたような表情になって帰って行った。

その学生は「授業の内容とは直接関係ないのですが」と前置きしたが、今思い返すと、授業の内容と学生の話は繋がっているように思われる。この授業は、在日コリアンに対するヘイトスピーチやヘイトクライムを「日本社会の問題」として考えるよう促す事から始まった。つまり差別を自分事として考えるという事である。先述したように、戦前の日本帝国による植民地支配や戦後の日本政府による差別政策を知る事で差別を広い視野から捉えるのは大切な過程だが、それとは別に、感情の次元で差別と自分を結び付ける事も大切だ。自分も差別をする（かもしれない）、差別に加担している（かもしれない）、差別を傍観する（かもしれない）。こうした、加害者になり得る自分を恐れる感情は、なかなか教えられて身に付くものではないだろう。自分のつらい記憶を話してくれた学生は、それが既に出来ていた。なぜ彼女には、それが出来たのか。今のところ私に答えはない。しかし、日本人が在日朝鮮人文学を読む行為は、感情移入によって他者が他者ではなくなる程身近に感じる体験であると同時に、自他の越えがたい懸隔に気付き、自己と他者の居る場所の違いを突きつけられるという二律背反的体験でもある。いじめられている在日コリアンのクラスメイトを見ているだけだった事に心傷めた彼女は、クラスメイトの痛みに感情移入すると同時に、クラスメイトから遠い場所にいる自分に動揺したのではないだろうか。それは、日本人が在日朝鮮人文学を読む事で得られる二律背反的体験と、どこか重なっているように思われる。日本人は在日朝鮮人文学を読む事によって、差別と自分を感情の次元で結び付ける事が可能になるのかもしれない。

日本人が在日朝鮮人文学を読み、他者の生に触れ、自らの自閉的生に気が付くという体験は、自らも身に付けてしまっているマジョリティの暴力性・加害者性に気が付くという体験に繋がっていく可能性を持っている。「日本文学講読」の授業を通して、そうした体験をしてくれる学生が数十人の受講生のうち一人でも居れば、教える身としては報われる。今年は、早々に一人は居るという確信が持てた。ありがたい事だと思った。

注

（1）『抗路』第六号　二〇一九年九月　一七頁
（2）『イスラエル軍元兵士が語る非戦論』（集英社新書　二〇二三年　八四〜九一頁）

日本と朝鮮の架け橋
――南医師の死を視て

文《ムン》　光《クワン》　喜《ヒ》

日本と朝鮮半島の架け橋になった人は多い。

二〇二四年七月二一日、コリアネット愛知の理事長であり、今池南クリニックの南洋二院長が七〇歳の若さで亡くなった。下咽頭癌が発見されたころは、既に末期症状で手術しても良くならず、あまりにも早く逝去されたのを惜しむ人たちは多かった。四百人を超える弔問客は葬儀場に入り切れず、場外で待っている人がいたのは故人に対する信頼性の証しだと思えた。

彼は相手を尊重する生き方をモットーにし、「他者に立つ」ことを信条にして、人の為に生きる生涯現役を有言実行した優れた在日二世の医者であり、人格者であった。「人生一〇〇年時代」としているのに、もう少し長く生きて欲しかったと惜しまれる存在である。

彼はさりげない日常生活において、おおらかで優しくユーモアのある医師として、老若男女、国や思想を隔てることなく日本と朝鮮半島を結びつけ、常に愛情をもって人と接することがどれほど大切なことなのかを実証した国際的医療人でもある。

厳しい世の中で痛み苦しんでいる人達を温かく迎え入れ、苦しい生活苦の中でも今池南クリニックのオアシスに触れると自然に和やかになれるのは彼の人柄のお陰だと思われる。通夜に故人が好んだ韓国のメロディ「アチムイスル（朝露）」の曲が流れた。四・一九革命の折に静かに朝の露となり消えていった韓国の学生青年たちの心情を謳った歌である。

彼が亡くなり、大曾根のデイサービスは閉めることになった。彼の物心両面の力の賜物で二〇年間続けて来られたが、一抹の寂しさを感じる。

隣国と架け橋

歴史的に日本と朝鮮は「隣国」であるが故、人や物の行き来が他の国と違って頻繁であり、通常の「国境」をまたぐ交流とは違った形の交流が行われた。隣の国として、数千年前の古代から今日に至るまで朝鮮半島から日本の対馬までの四九・五㎞の距離は近かったり、遠くなったりした。大和朝廷と百済、新羅の時代のような古代の歴史では国境なき交流が行われていたし、今のような軋轢はなくお互い尊重し、分かり合える関係であったと思える。

隣人である朝鮮は、日本にとって自らの比較の対象となる「他者」であり、日本が自己のアイデンティティを確立する際の「鏡」にもなっている。朝鮮は隣人であるとともに他者であり続けるため、ある種の「境界者」となり、それゆえに日本からの差別や偏見の対象となってきた［小倉・康[1] 二〇一六：二二］。

それはスポーツ選手がオリンピックに国家代表として参加することでも同じである。

朝ドラにも登場した金栗四三が一九一二年の第五回ストックホルム大会では入賞できず、第九回アムステルダム大会で山田兼松が四位、津田晴一郎が六位に入賞し、一九三二年のロサンゼルス大会で津田が五位、金恩培が六位に入賞した。日本は一九三六年ベルリン大会のマラソン競技で初めて朝鮮の新義州出身の孫基禎が一位、南昇龍が三位を獲得した快挙は、朝鮮と日本との関係を世界に発信する歴史的な事件であった［清水[2] 二〇二四：八二］。

表彰式での「君が代」と「日の丸」に触発され、朝鮮民族としての自我に目覚めた孫基禎は、サインをせがまれると自分の名前をハングルで書き、その脇にKOREA

か朝鮮半島の地図を書き添えたという。大手新聞社東亜日報が孫の表彰台の写真から胸の日章旗を消して、新聞の社会面に大きく掲載して話題になったのが「日章旗抹消事件」である［清水 二〇二四：九二］。呂運亨も朝鮮中央日報で日の丸の抹消写真を載せたが、小さくて気付かなかったという。

朝鮮総督府の南次郎総監は激怒し社会部長はじめ関係者を全員逮捕し、自白を迫ったが誰一人口を割らず、一〇ヵ月停刊の上、社長以下一〇名の関係者が追放されて朝鮮と日本に波紋を呼びおこしたのである。事件以来、孫は特高の監視を受けて重罪人のような要注意人物となり、解放されるまで学徒兵志願の勧誘のための演説を強要された。「皇国のため」と、若者を戦場に駆り立てたことは自責の念とともに生涯心から消えることはなかった。

一方、一九二四年、植民地の咸鏡南道で生まれた金信洛こと力道山は、一三歳でシルム（朝鮮相撲）大会で三位に入賞したのを義父・百田巳之吉に「双葉山のような体」と惚れられ、玉ノ海の二所ノ関部屋に入門した。人一倍稽古熱心だった力道山は入門して四年目には十両、九年目に関脇まで上り詰めたが、勝ち越しても番付が上がらない原因が「民族的差別」と捉え、プロレスに転じたという［増田[3] 二〇一一：四三二］。

そのきっかけは力道山が兄貴分として敬う「拳道会」総帥中村日出夫こと姜昌秀に「朝鮮人だから番付が上がらない」と不満を洩らし転じる決心をしたという。そのあとに、彼は「植民地時代、朝鮮人は虫ケラのように扱われた」ので、出身を隠し空手チョップで戦後の日本人に勇気を与え熱狂させた英雄になった。

日本プロレス界の父と呼ばれた力道山（一九六三年一二月一五日没）は赤坂のナイトクラブで刺され、四〇歳で短い人生を終えたが、その名は今でも新しい。昨年『文藝春秋』の「一〇一人の輝ける日本人」の中に力道山を評した張本勲の手記が出ていた。張本勲は力道山が自宅で朝鮮からの電波を探り音楽が聞こえてくると小躍りするのを見て、「懐かしいなら何故祖国の事を堂々と言わないのか」と聞いた瞬間、「貴様に、何がわかるか」と平手打ちを食らったという［張本[4] 二〇二三：三五六］。

力道山は植民地時代に日本に行くことが決まり、急に結婚させられたので夫人と一人娘を置いて来た。彼は、日本で三人目の女性と結婚して一九六三年六月に盛大な結婚式を行い、九月オリンピック基金財団に一千万円を寄付しただけではなく、朝鮮の金日成主席に五〇歳記念にベンツの高級車を寄付した。一二月に亡くなるまで波乱万丈の人生を送った［力道山[5] 二〇一二：二四七］。その一人娘金英淑は、朝鮮のスポーツ協会の役員をして、力道山の弟子アントニオ猪木が訪朝した折には面倒を見て架け橋になったという。

活躍する在日同胞スポーツ選手

韓国は日本と同じ価値観（自由、人権、民主）を共有しているというが、朝鮮はミサイルや核を作り、わけのわからない国だとの認識が広まっていると思われる。果たしてそうであろうか。在日コリアンは日本で生まれ、八〇年経っても出生地の国籍を取得するには帰化の壁を乗り超えなければ駄目だし、朝鮮は韓国に対し「同族」ではないという。

在日同胞は朝鮮民主主義人民共和国へ帰国して六五年になる。二〇二二年「海外同胞権益法」で丁重に保護しているとされるが、一部の人たちから「キポ」（帰国同胞の悪口）とか、チェポ（在日同胞の悪口）と言われ、南では未だに棄民政策が放棄されず、パンチョッパリ（半分が日本人という悪口）と陰口を叩かれている。

一方、韓国の二〇二四年の国政総選挙に在日同胞の在外投票は史上最高を更新したという。

在日同胞では、一九七〇～八〇年代に金田正一や張本勲みたいなプロ野球選手がいて高給取りの有名人は沢山いるが、何ら在日社会には変化をもたらすものではなかった。二〇〇〇年代になって、サッカーやラグビーなどで有名な在日コリアンのプロ選手がたくさん出てきた。朝鮮学校出身のイ（朝鮮読みは「リ」）スンシン選手がラグビー日本代表で活躍して、自分の夢を叶えた感はある。他にもたくさんのプロ選手たちはいるけど果たして彼らは日本の社会に何を残したのだろうか。学生数の比率から見ると、在日コリアンの選手がこのように日本のスポーツ界に貢献しているのがどれほど素晴らしいのか良くわかるが、民族教育に対しての評価は依然と厳しいままである。

ドジャースの大谷翔平は日本の小学生に野球グローブ六万個（仮に一個×一万円＝六億円）を送ってくれたが、結局、朝鮮学校の子どもたちには一つも届かなかった。大谷の気持ちではないと思うけれど、ここでも朝鮮学校は日本の学校とは差別され、除外された。

真の架け橋は何か

お金は人を不幸にも幸せにもさせる魔力があると思われる。私は倹約が美徳で、少しでも節税が出来てお金のある人がお金を出し合い、授業料を出せない貧困者を助け学校運営に少しでも役に立てばよいとの思いから財団を作って早や八年が過ぎた。

そんな折、評議員のＨＮさんが朝鮮学校建設募金運動に一千万円を寄付して下さった。六〇年の間、丁稚奉公から鉄工業を営みコツコツ貯めたお金を子どもの未来のために寄付して下さる気持ちはどれほど有難いものか計り知れない。貰った時、あまりにも嬉しくて涙が出た。

日本では金の力で政治が歪められ、国民には増税を強制しながら、政治家はキックバックの裏金で五億円以上も脱税しても平気でいる。国民の生活とは程遠い、軍拡に血税を平気で使っている。私たち在日朝鮮人は政治に意見があっても反映できる場がない。

拉致の発覚から二二年の歳月が流れ、無償化裁判の敗訴から一二年が過ぎ去った。拉致対策費には毎年一二億円の税金が使われているが、何ら前進がない。朝鮮高校無償化の年間支出費用は五億円程度だが、それでもつぎ込めば何かの繋がりが出来て糸口がつかめるかも知れないのに、現実は反対の方向へ進んでいる。

裁判の敗北は、全国の朝鮮学校への補助金を減額削除されるところへ悪影響を及ぼした。日本が出生主義ではないとしても、朝鮮学校で学ぶ四世五世の子供たちは南北の歴史地理、社会を学び、日本と朝鮮を結びつける架け橋になれる存在であるのに非常に残念である。

日本では国の命令に従い帰化する者には恩恵を与えるが、拒むものはとことん苛め抜く。そんな植民地主義はいつになったらなくなるのだろうか。

一九八六年八月九日、ロサンゼルス都市圏のカルバーシティで、五輪マラソン優勝者記念碑から「一九三六 KITEISON JAPAN」のプレートが外され、「一九三六 KEE CHUNG SOHN KOREA」と刻まれた新プレートがはめ込まれるセレモニーで、マラソン優勝者孫基禎は「昔は昔、今は今。日本も大きな気持ちで、IOCに「国名・氏名表示を変えてもよい」と言ってくれれば、オリンピックの公式記録も、この碑文のように書き直してもらえるのではないか。そうすれば日本がアジアのリーダーとしてより尊敬されるのではないか」と日本語で語ったという。

同月一七日、ベルリンオリンピック五〇年祭で、本来五〇年前に渡される古代ギリシャの兜が日本の選手として朝鮮半島出身者が優勝したので、ベルリン博物館に保管されていたのが正式に本人に渡され、現在は韓国の国宝としてソウルの国立中央博物館に展示されたという。

孫は晩年、肺炎と慢性心不全のため病床に伏しながら体と時間が許す限り、終生日韓の架け橋として活動を行い、「二〇〇二FIFAワールドカップ」の共催成功に大きく貢献したという。孫は九〇歳の人生を終え、葬儀は大韓オリンピック委員会葬として営まれ、独立運動で命を落とした人たちが眠る特別な墓地である大田国立墓地に異例的に埋葬された。架け橋になった孫の葬儀には日本の政界、スポーツ界から一つの献花もなかったという［清水 二〇二四：一三五］。

さいごに

日米安保に縛られ、集団的自衛権の美名のもとに「対米従属」を続け、日本国民は訓練された犬のように海外の戦場へ送られ、恐ろしいことも平気でするような時代が蘇ってきそうな現状が心配である。韓国では、長期にわたる反基地運動の結果、在韓米軍基地は縮小され、「もしトラ」になれば、もっと縮小されるとしている。

しかし、日本では架け橋の国の「有事に備えて」、ミサイル・核危機を騒ぎ立て貴重な自然の宝庫の辺野古に新基地を建設しようと、県民の意思を逆なでして国税二兆五千億円を注ぎ込む。強引な建設工事に本土では反対運動があまり起こらない。沖縄をはじめ日本の米軍基地は数、規模、資産価値のいずれをとっても世界一で突出している。それは、日本が「属国」だから発生していると思われるが、東アジアの平和が心配である。

全国で朝鮮高級学校に通っている子供たちが千五百人いたと仮定しても五億円、無償化予算の三七〇〇億円の千分の二にも満たない。日朝韓の架け橋に成りうる朝鮮学校の子供たちが大人になったときには、自分の存在を否定した日本政府をどう思うのだろうか。

七九年目の敗戦日であり、祖国解放日に日朝韓の架け橋であった、南先生のご冥福を祈る。

二〇二四年八月一四日

参考文献

（1）小倉和夫・康仁徳『解剖北朝鮮リスク』日本経済新聞出版社、二〇一六年
（2）清水ひろし『孫基禎を語り継ごう―ベルリン五輪マラソン覇者の足跡と回想―』はるかぜ書房、二〇二四年
（3）増田俊也『木村政彦はなぜ力道山を殺さなかったのか』新潮社、二〇一一年
（4）張本勲「力道山貴様に何がわかるか」『文藝春秋』二〇二三年一月号
（5）力道山光浩『空手チョップ世界を行く』日本図書センター、二〇一二年

あれこれ四題
――活動の場から

磯《いそ》貝《がい》治《じ》良《ろう》

「歴史の原罪」に時効はない

一九二三年九月一日午前十一時五十八分を忘れない。〝防災の日〟としてではなく、多くの命が奪われた日として、朝鮮人虐殺の始まりの日として。

朝鮮人が「井戸に毒を投げ込んでいる」「女性を強姦している」「暴動を起こそうとしている」「投弾しながら攻めてきている」。そんなデマが流されるなかで六千人を超える人が犠牲になった。官憲だけでなく在郷軍人に指揮された「自警団」を名のる市井の人が手を血で染めた。日本刀、竹槍、とび口などを携えて路上の人に「一五円五〇銭」などと言わせ、朝鮮人を選別したという。犠牲者には中国人約八〇〇名、社会主義者、労働運動家、アナーキスト、朝鮮人に間違われた方言話者ら日本人もいた。

流言蜚語はどのように人びとのなかに流布されたのか。民衆のなかから自然発生したのか。為政者（国家）の作為があったのか。かつて朝鮮総督府の中枢にあって三・一独立運動における朝鮮民衆の抗日エネルギーを目の当たりにした人物たちが恐怖に駆られ、戒厳令の下拵えとして流布した、との説が濃い。翌日に戒厳令が発令された事実がその真説であることを語っている。

近代国民国家を形成するに当たって「脱亜入欧」、アジア蔑視を国家思想として国民の意識に注入し、植民地支配と侵略を断行してきた、この国の歴史。その歴史が関東大震災時における朝鮮人・中国人虐殺の根底にある。日本人の「歴史の原罪」とも言うべき加害の歴史のさまざま。それは戦後も国家・為政者によって闇に隠され、抹殺、忘却されて、いまや一〇〇年前の「自警団」を祖とする人びとが跋扈している。ヘイトクライム依存症者、それを傍観する大衆意識。侵略・差別を内面化した加害者が、復讐されるのではないかとの恐怖から、逆に自衛のためと正当化して罪の意識もなく虐殺・憎悪犯罪に奔《はし》る。

朝鮮人・中国人虐殺から三ヵ月半後の一二月一五日、帝国議会「衆院本会議」で永井柳太郎が、内務省が「在留鮮人放火、投弾」との電報を各地に発して警戒を求めた事実に対して「政府自らが出した流言蜚語に対して、責任を感じないか」と追求した。

ところが戦後、民主国家になっても国会で真相究明や責任追及は審議もされずにきた。昨二三年五月二三日参院本会議で立憲民主党の杉尾秀哉議員が「相当数の命が奪われたのは事実、歴史の闇に葬ることなく、記録の精査を。そして謝罪すべきは謝罪を」と糾したのが「一〇〇年ぶり」とのことである。楠芳伸警察庁官房長は「政府として調査した限り、事実関係を把握できる記録は見当たらず、仮に指摘の資料を確認しても内容を評価することは困難」と詭弁。審議とは別に一方通行の質問主意書では野党議員から八回にわたって政府の対応を糾してきたという。回答はいずれも「記録が見当たらないからお答えは困難」だった。

「証拠」はさまざまある。国会図書館の文書、体験者の日記、見聞などの記述、なによりも九死に一生を得た朝鮮人・中国人、そして市井の日本人の証言が聞き書きやドキュメンタリー映像などによって残されている。「犠牲者六〇〇〇人以上」は研究者らの踏査によって導き出された史実である。

関東大震災時の虐殺は南京大虐殺、ナチスのホロコースト、米軍のベトナム・ソンミ村事件、ポルポトの住民殺害と同じジェノサイドである。日本国家や「自警団」の責任追及や謝罪とは別に一九二三年九月を記憶し伝承する義務は、現在を生きる老若世代、これから生まれてくる世代にもある。歴史が語る戒めとして。「歴史の原罪」に時効はない。

【「韓国併合」一〇〇年東海行動実行委員会（略称「一〇〇年行動」）では、二〇二三年の関東大震災朝鮮人虐殺一〇〇年を期して二つの講演集会と記録映画上映会を開催した。「一〇〇年行動」は二〇一〇年の「韓国併合条約」から一〇〇年を期に名古屋で発足し、街頭行動を含めて毎年、三・一朝鮮独立運動と日朝平壌宣言の日に合わせて、街頭で室内でさまざまな活動を続けている。磯貝はその二人代表の一人。】

ウトロは今に語る

二〇二三年一月一五日。京都・宇治ウトロへフィールドワーク。

集合は九時五〇分なのに三〇分と記憶違いをして九時二〇分に名古屋・金山駅北口イオン前に到着。日曜日の朝、人通りも少なく参加者とバスの影もない。携帯を持たない主義なので公衆電話を探すが、ない。蒼くなってイオン周辺を廻ったり駅に戻ったり。ようやく顔見知りが現われて二〇分以上も歩きまわったことになる。八五歳高齢者まっさかりの、誰にも内緒のポカミスであった。

ウトロはぼくのなかで朝鮮人集落の象徴的な地区である（一、二世世代の住民はみずから朝鮮人部落と呼ぶことが多かった）。日本軍の飛行場建設のために募られ、敗戦後も暮らしの場として形成された町。帝国による植民地支配の所産である。軍の徴用・徴兵を逃れるために行き着いた働きの場とはいえ、「徴用」であった。応募者は「内地」に住んでいた人たちというが、徴用先から逃走していた人もいたかもしれない。

ウトロのたたかいは戦後、朝鮮人集落の人びとのそれを表象するたたかいであった。密造酒の摘発、民族教育に対する弾圧をふくめて生存権と尊厳を守るための、植民地支配の歴史と今にいたる差別を問いつづけてきた、闘いの在日史。過酷のなかのしなやかな在日史。たたかいは韓国の（若い）市民と共振し、戦後、〈在日〉を棄民しつづけてきた韓国政府をも動かした。

ウトロに向かうバスのなかで、ウトロの風景は三〇年前とすっかり変わっているはずだ、だからこそ今に語りかけるウトロに学ぼう、とぼくは思った。

到着後の三時間は時を忘れさせるほどだった。在日三世・金秀煥副館長の講話と地区内フィールドワークの説明が、「ウトロ、ここで生き、ここで死ぬ」の歴史を紡いだ人と土地を今に語りつごうとする熱量で伝わったからだ。ウトロ平和祈念館の趣旨は「記憶と出会いの場」。二階と三階にはここに生きた人びとの写真と年表・説明文がふんだんに展示されている。ひときわ目を惹いたのが、あるハルモニの再現された居室。食卓の前で酒のコップを手に笑いかけるハルモニの等身大の写真は、「アンニョンハセヨ」と声をかけたくなるほどのリアルな親近感。

フィールドワークでぼくはとまどった。町の様子はすっかり変わり、国語教習所として全国でも早期に作られた民族学校、飛行場建設地跡、畑地などの地形が思い出せない。金秀煥さんの説明を聞くうち、町と周辺の地形が記憶の隅から戻ってきた。

金秀煥さんの言葉の数々は、参加者に感銘を与えた。特に放火事件の現地。参加者の呟きにもあったが、ボヤのひどいのくらいに想像していたけど、そうではなかった。放火された建屋だけでなく隣家の二階建て頑丈そうな家も焼け落ち、道を隔てた家屋にも熱風による傷あとを残している。惨状の前で金秀煥さんは語った。事件当時二二歳であった放火青年に同情する、個人をではなく差別とヘイトクライムを生み出しつづける社会（の在り方）を糾《ただ》す、と。寛容はウトロの人と暮らしと闘いを今に伝承する「ウトロの知」であるだろう。農楽（ノンアク）を愉しみながらたたかう女性たちの「生き方の知」ともつながる。

放火によって建屋に保管してあった立て看板は消失してしまったが、他の場所に保管してあったそれは残っているという。時と状況に応じて日々、立て替えられた看板はウトロの生活と闘いの歴史そのものであり、その証《あかし》である。「証言」の半身をもがれてしまったのは悔しいことではあるが。

帰路、バスの出発を待って、寒さの中で一〇分近くも見送りつづけていた金秀煥さんの姿はウトロを伝承する在日三世の「祈り」の姿にも想えた。

フィールドワークは「「韓国併合」一〇〇年東海行動実行委員会」が主催して三〇名ほどが参加した。

沖縄・高江への愛知県警機動隊派遣違法訴訟原告陳述書

原告の磯貝《いそがい》治良《じろう》です。私は一九三七年に愛知県で生まれました。以来、同県に住み続けています。

日本がアジア太平洋戦争に負けた年、つまり米軍の「鉄の嵐」が沖縄に惨禍をもたらしたとき、小学校二年生でした。なので、日本の戦後、沖縄の終わらない戦後と共に自分史を刻んできたと言えます。

その私がなぜ、この訴訟の原告になったのか、しかも躊躇することなく。理由は明確です。一つは、怒りです。ヘリパット離着陸基地建設に抗議・反対する現地の闘いが、伝統的な沖縄アイデンティティとも言える、非暴力抵抗に貫かれていることを知っています。派遣された愛知県警機動隊をはじめとする警察権力のあられもない暴力、弾圧ぶりを見聞して、体が震えました。加齢とともに穏やかな人になった、と友人知人から評される老年の気持ちに青年の怒りが吹き出しました。

でも、怒り以上に自分を責めたのは、本土の中心部あたりに暮らして、私にはどこまで沖縄が見えていたか、自分の戦後史を沖縄の戦後史と重ねて思うことをしてきただろうか、という自責の念です。ある種の人たちは、それを自虐史観と呼びます。そう呼ばれても、私は怒りません。そう呼ばれるのは、自分にも良心らしきものがまだ残っている証拠、と安心するからです。

とは言っても、沖縄が長く私のなかにあったことはたしかです。

私は一九六〇年に大学を卒業しました。ゼミ仲間に「沖縄二世」のT君がいました。卒業後のことですが、彼はアメリカ統治下の沖縄に一時帰郷したのち本土に戻ったとき、羽田空港で足止めされました。米民政府が発行するビザを拒否していたからです。彼が空港で果敢にたたかったことを記憶しています。詳しいいきさつは漠然としていますが、そのことが沖縄に目を向けるきっかけになったことはたしかです。

T氏は若くして地元の市会議員になり、のちに愛知沖縄県人会の会長を務めました。

七〇年代に入ってからですが、富村順一という人の自伝『わんがうまりあ沖縄』という本を読んで、沖縄の近現代史、特に琉球処分やヤマトへの同化政策を学びました。ヤマト式創氏名、方言札による固有言語の抹殺などを知って、これはまさに、台湾、朝鮮に行なった植民地支配のさきがけであったと知りました。

「学術人類館事件」は一九〇三（明治36）年、大阪・天王寺で開催された第五回内国勧業博覧会のときに起きました。琉球人、朝鮮人、台湾人、マレー人、インド人など三二名の諸民族が「物品」のように「展示」されたのです。少し想像すれば、身の毛のよだつような出来事です。

大阪府警の機動隊員が高江現地で抗議活動する人に「土人」「シナ人」と罵声を浴びせたのは、二一世紀の今のことです。愛知県警隊員の暴言ではなかった、という逃げ口上は通用しません。アジアの民族をひとしなみ劣等視して富国強兵に邁進したのは、近代日本の形成に絡まりつく宿痾《しゅくあ》でしたが、それから一五〇年、民族の共生と人民主権が唱えられて戦後七〇年余。差別という闇の深さに胸がふさぎます。

初めて沖縄を訪ねたのは一九九九年でした。東アジアの国家テロルを検証する平和と人権大会が、台湾、韓国、日本から人びとが集って、沖縄で開かれたときです。そのとき沖縄戦の戦跡、辺野古、平和の礎《いしじ》、米軍基地など戦中・戦後の沖縄の苦難の歴史を表象する場所をめぐりました。なかでもガマに入ったとき強烈な印象を受けました。文字通り一寸先も見えない漆黒の闇を体験したのですが、そこで日本軍による住民虐殺と集団死が強制されたことに、慄然としました。

以降、今日まで、沖縄に関わる行動にできるだけ参加するようにしてきました。そうして思うのは、日本政府の理不尽な行ないの根元は、沖縄差別だ！　ということです。でも、政治権力を批判して事足りるわけではありません。本土に生まれて暮らす人間の無関心にもまた、沖縄に対する根ぶかい差別意識がある、と思えてなりません。

私は、政治権力の不条理な振る舞いに加担したくないだけではなく、訴訟のなかで、私の内にあるヤマト人《びと》の差別意識を克服したい、それから解放されたいと思って、原告になりました。

裁判所および裁判官のみなさんも、法の正義において、みずからも沖縄差別から解放されるよう尽くしてください。そのためにも、本訴訟では充分な審理、適切な訴訟指揮、そして後世に語り継がれるような判断をされるように願っております。

以上です。

（一審裁判は二〇一七年一〇月二五日、名古屋地裁にて開始。最高裁に上告後に終結）

安保法制違憲あいち訴訟
原告意見陳述

私は愛知県半田市で生まれ、日本の敗戦を小学校二年生で迎えました。この国の戦後史とともに生きた世代です。法の平和理念と九条への絶対的信頼のもとに暮らしてきました。先の戦争では父方の叔父が戦死しています。

敗戦の日の三週間前、七月二四日に中島飛行機半田製作所とその周辺が米軍機の空爆を受け、同工場から一キロほど離れた自宅の防空壕で私は家族と一緒に恐怖にふるえていました。その記憶は現在も私の内なる原風景になっています。父は町の消防団に召集されていました。ときどき家の様子を見にかえって、防空壕の入口に立って空を見上げている、小柄な親父の姿が、どれほど大きく思われたことか。

半田空襲によって多くの死者が出ました。特に悲惨な記録があります。中島航空機半田製作所では当時、朝鮮半島の北辺から強制連行されてきた人びとが飛行場建設などの労働を強いられていました。一五歳前後の少年もいました。そのうちの四八名が空爆によって命を奪われたのです。

私が陳述したいことは大きく分けて二つです。

（1）まず原告になった理由です。

私は文学分野の物書きをするかたわら、在日朝鮮韓国人（朝鮮籍・韓国籍・日本籍取得者を含む）の文学を研究する会を四〇年以上続けて、文芸誌を発行しています。二〇〇六年には『〈在日〉文学全集』全一八巻を編纂して、文学を通した戦後責任の一端を果たせたかな、と思っています。

文学活動と連動して、在日コリアンの人権を守る活動、二つの国家に分断された朝鮮半島の和解と統一を求めるＮＰＯ活動に参加し、反差別・反戦平和の活動にも半世紀以上、関わってきたつもりです。大学ではマイノリティ論の授業を担当して、マジョリティ日本人とマイノリティと呼ばれる人びととのほんとうの共生のあり方を、学生と共に学び合ってきました。

そんな私にとって、「安保法制法」はひしひしと実感する苦痛です。

「特定秘密保護法」の成立や「集団的自衛権」の行使が容認されたとき、私はそれらが「戦争準備法」だと思いました。しかし、「共謀罪」も含む「安保法制法」が成立してのち、軍事費の増大、「防衛大綱」の改変が進む事態を見て、この法体制は「準戦時法」だと思えてなりません。

戦争の足音が生々しく聞こえてきます。決して大げさではなく、きょうまでの人生がまるごと否定されかねない不気味な予感です。感情と思惟と想像力が人間の特性であるからでしょう、安保法制下の日々の不安は銃撃に遭遇するのと変わりのない苦痛を与えます。

安倍政権はアジアにおける安全保障環境の変化を口実にして、以上のような〝戦争の出来る国作り〟に邁進してきました。その下拵えとして朝鮮民主主義人民共和国（以下、朝鮮共和国）に対する敵対政策を続けて国交さえ結ばず、中華人民共和国に対しては外交責任さえ果たさず、陰に陽に国民の意識に不信感と〝脅威〟を植え付けようとしています。

残念なことですが、政治権力のもくろみが成功しているかに見えます。私たち国民が理性的な判断を問われることになりました。最も大切な隣人である在日コリアン、中国人との協働関係を作ることが私（たち）に課されていると思います。その一歩を踏み出すために、「安保法制法」の撤廃が必要と確信して私は原告になりました。

二〇一八年七月二七日に朝鮮半島南北の首脳が会談して、「板門店宣言」を発表しました。六月一二日に朝米のトップが会談して、「シンガポール共同声明」を発表しました。これを期にして、東アジアにおける安全保障環境はダイナミックに変わろうとしています。

南と北に分断された同じ民族が和解と統一に向けて具体的に歩み始めたのです。まさに「平和、新しい始まり」（韓国の人たちの合言葉）です。またアメリカと朝鮮共和国の間で平和条約が結ばれて、六八年間続いてきた休戦状態が終戦に至る道筋が目に見えるところにきています。

そのためには越えなければいけない障害がいくつもあります。その障害を取り除くのが、東アジアの平和に責任を持つ日本と隣人諸国なのです。ところが日本政府は掛け替えのないその機会に横槍を入れるように、軍備の増強に熱を上げています。「安保法制法」がその下支えになっています。この法律が違憲であることを明らかにして、いずれは廃止させたい。そのことが私のライフワークである他者との共生のために、また憂鬱と不安を解消して日々を平和に過ごすために、必須であると確信して、原告になりました。

戦争は被害者に悲惨をもたらすだけでなく、加害者をも不幸にします。人としてのまっとうな精神を損なうからです。先の戦争で加害者であることによって日本人の心は損壊しました。損なわれたそれを修復するにはアジアの人びとに戦後責任を果たさなくてはならないのに、私たちは果たし損なったままできています。それなのに再び戦争をするわけにはいきません。戦争によって、生きているものに銃弾をぶち込み肉体を粉々に砕く。私の想像力はそれに絶えられません。

いかなる形であれ、戦争に加担しないこと、無条件で戦争に異議を唱えること、それがこの国（私たち一人一人）の戦争責任／戦後責任である、との思いで原告になりました。

（2）もう一つは、本裁判にあたって裁判所に求めたいことです。

率直に言います。裁判所および裁判官の戦争責任／戦後責任についてです。その上に立って審理をしていただきたいということです。

戦後七〇年以上を経ったいまだに、戦争を遂行した国家とともに私たち国民も充分に反省してきたか疑わしいです。韓国や朝鮮共和国（その他の国）の旧日本軍性奴隷被害者に対する償いを例にとっても、カネによるまやかしの解決を策しているとしか思えません。国会決議による謝罪と賠償さえなされていません。被害当事者ハルモニ（おばあさん）たちの要求に対して、「日本はいつまで謝ればいいのか」という声が聞こえ、「従軍慰安婦は存在しなかった」などという声がはびこっています。このような国民意識がある以上、仮に国会決議がなされても、ハルモニたちが日本は心底から反省していないと思うのは当たり前です。

現在の準戦時体制は戦後、反省し損なってきたことのツケかもしれません。

裁判所および裁判官の戦争責任／戦後責任に陳述を戻します。

戦前戦中、反戦平和を唱える人が国家権力に弾圧され、犠牲になりました。その際、司法機関の責任も免れない、と私は思います。司法が戦後責任を果たすとはどういうことか。裁判所が民主的法制下にあって、司法独立の要諦である違憲立法審査権を正しく行使することである、と思います。

私の知るところでは、裁判所が違憲立法審査権を充分に行使しているとは思えません。むしろ昨今、憲法判断を避けて通ろうとする傾向があるように思えます。そうだとしたら、司法の在り方として大変心配なことです。なぜなら、立法・行政・司法の「三位一体」がもたらした、過去の過ちの反省から現憲法に導入されたはずの違憲立法審査権が形骸化し、帝国憲法下の裁判を想起させるからです。

戦前戦中の裁判所は、勅令など法律・命令の適・不適法性を審査することが出来ませんでした。まさに「学理的認識ヨリセバ違法ト判断セラルベキ法律・命令ト雖之ヲ適用スルヲ要ス」であったのです。そのせいで、哲学者久野収氏が言ったように「帝国憲法の三位一体的構造は、相手の立場に自分を置くことをまったく忘れさせてしまうような、むごい精神を法の番人の意識の中に確実にそだてあげていった」のです。

そのことによって稀代の悪法であった治安維持法などが暴威をふるい、次に見るような司法意識が生まれてしまったのではないでしょうか。ある検事は司法実務家会同の席で公言しました、「外的に対するのが戦争で、内部の敵に対するのが司法部である。だから『サーベル』を吊さぬだけのことで軍人と司法官の間に差をつけると云うことは私は実を言へば考えられない」と。

軍事・法曹一体のなかで、裁判官は「サーベルを吊らない軍人」になってしまったのです。裁判所が違憲立法審査権を放棄するなら、司法みずからがその権威と独立をないがしろにして、「サーベルを吊らない軍人」に堕しかねません。

日本の敗戦後、思想界・言論界・文化芸術分野では戦争責任の問題がきびしく論議されました。ところが、裁判所および裁判官の戦争責任はほとんど問われていません。治安維持法や国家総動員法の成立過程、運用実態などをみれば、司法の責任は歴然としているのに、です。

釈迦に説法なのですが、治安維持法について少しだけ述べさせてください。

一九二五年に施行された同法は、再三の「改正」を経て凶暴な力をふるいました。国体すなわち天皇制と私有財産制の否定に適用された同法は、当初いわゆる主義者などをターゲットにしたものですが、やがて反戦平和の意思さえ抑圧し、予防拘禁制度、死刑の導入といった、ファシズム法へと拡大しました。ちなみに第一次「改正」の際には、裁判所はそれに賛成する意見書を提出しました。

治安維持法は独立運動を画策したとして朝鮮半島出身者にも適用され、初期の検挙者は日本人より朝鮮人のほうが多く数えられました。私の敬愛する詩人尹東柱《ユンドンヂュ》も治安維持法の犠牲になりました。

尹東柱は、検察起訴状、予審判決に至るまで、まるでコピーのように警察調書と同じ内容で、本審も開かれないまま懲役二年の刑を言い渡されて、福岡刑務所に収監されました。獄中で正体不明の注射を打たれつづけ、一九四五年二月、日本敗戦の六ヵ月前にして、朝鮮民族の解放を知ることなく獄死しました。

「共謀罪」などを含む「安保法制」が治安維持法に酷似、あるいはその再来である、とは多くの専門家・市民が指摘しているところです。

裁判所および裁判官の戦争責任／戦後責任は、なぜ問われないのでしょうか。裁判官の無謬性という神話が残りつづけているからでしょうか。「あのときは職務上やむを得なかった」という観念があって、反省を妨げているからでしょうか。あるいは帝国憲法第五七条に「司法権ハ天皇ノ名ニ於テ法律ニ依リ裁判所之ヲ行ウ」とあったように、戦前戦中の裁判には天皇への忠誠と法への忠誠とは一致するという観念があって、「天皇の名においてする裁判に良心を問う必要はない」と考えられたからでしょうか。もしそのように考えられているとしたら、現今とみに危惧される立法府（政治権力）と裁判所の癒着、すなわち司法の独立の危機が戦前戦中と類似しているように思えてなりません。また過去の過ちを認めることが裁判所および裁判官の威信を失墜させると考えられているとしたら、それもまた背理であって、過去を顧みつつ正義を貫くことこそが司法の威信でなくてはなりません。

以上、現今の日本とアジア、世界の将来を損ないかねないこの国の危険な状況にあって、本件裁判がかつての轍を踏まないようにと願って述べました。

裁判所は政治権力（現政権）の思惑に左右されることなく、毅然たる態度を持って違憲の判断を下し、司法の良心と正義を示してほしいのです。それが司法の戦争責任／戦後責任を果たす一歩でしょう。

まさに「人間は、みずからあるところのものにたいして責任がある」（J・P・サルトル）のであります。

縷々、生意気を述べましたが、在日コリアンをはじめアジアの人びとと真っ当な協働／共生関係を作りたいと心がけ、生活している私にとって、この国が戦争責任／戦後責任を果たすことが不可欠と考えて、陳述しました。

どうか、裁判所および裁判官の権威を保つためにも、正義と良心に則った訴訟指揮と審理をお願いします。

陳述を終わります。

（二〇一九年六月一二日、名古屋地裁一審第四回口頭弁論にて陳述）

徐京植《ソキョンシク》さんのこと

徐京植さんが二〇二三年一二月一八日に亡くなった。享年七五歳。

在日二世の知の人。社会思想・芸術・近現代史など広い分野にわたって、その批評活動は眼を瞠るものがあった。保守化する言論界にあって良心的とも見えるリベラルに対しても、その「頽落」を容赦なく批判した。

二度、名古屋に招いた。一度は一九八〇年代後半、徐勝・俊植兄弟がまだ釈放される前。「読む会」主催の講演と一人芝居のマダンであった。一部が京植さんの講演。二部が徐兄弟のオモニ呉已順『朝を見ることなく』を磯貝が一人芝居に脚色し、舞台俳優中野よし子が演じた。あとで京植さんが言った、「ぼくの話を先にすればよかったね」。京植さんの兄たちの話を聞いた中野は、すっかり蒼ざめて芝居どころではなかった。

二度目は二〇一〇年代、韓国併合一〇〇年東海行動の集会で講演をお願いした。そのとき、なかまたちが一人語り、韓国の歌《ノレ》・楽器などで演じ、磯貝は日韓バイリンガルの自作詩「半島と列島を結ぶのは海」を朗読。京植さんは瞑目して聞いていたが、あとで感想を聞くことは、恥ずかしくて止した。

集会後、一緒にデモをしたのは、思い出だ。（磯貝）

会　録

第466回（2020・11・22）『架橋』34号合評会 Part 1
報告者・浮葉正親　参加者８名

第467回（2021・1・24）『架橋』34号合評会 Part 2
報告者・参加者みんな　参加者７名

第468回（3・28）金蒼生『風の声』
報告者・朴成柱　参加者５名

第469回（5・23）金石範『海の底から』
報告者・磯貝治良　参加者６名

第470回（10・10）李龍徳『あなたが私を竹槍で突き殺す前に』
報告者・朴成柱　参加者７名

第471回（12・12）深沢潮『翡翠色の海へうたう』
報告者・草野信子　参加者８名

第472回（2022・2・13）梁石日『魂の痕《きずあと》』
報告者・浅野文秀　参加者８名

第473回（5・8）朴和美『「自分時間」を生きる――在日の女と家族と仕事』
報告者・劉竜子　参加者９名

第474回（7・24）草野信子詩集『持ちもの』『母の店』
報告者・林茂澤　参加者８名

第475回（10・9）金石範『満月の下の赤い海』
報告者・中島和弘　参加者６名

第476回（12・11）李美子詩集『月夜とトンネル』
報告者・姜寿成　参加者７名

第477回（2023・2・26）朴貞花・安川寿之輔『無窮花の園――在日歌人朴貞花が告発・糾弾する日本近現代史』
報告者・朴成柱　参加者４名

第478回（5・28）磯貝治良『文学の旅 ときどき人生――交友私誌』
報告者・参加者みんな　参加者５名

第479回（7・21）第20回名古屋大学 JCS セミナー「戦争・戦後の記憶から考える　東アジア平和への道筋：社会参加運動と創作の両輪」第一部講演・磯貝治良、第二部対談・磯貝治良＆黄英治

第480回（9･24）中村一成『ウトロ　ここで生き、ここで死ぬ』
報告者・磯貝治良　参加者５名

第481回（12･10）朴沙羅『家《チベ》の歴史を書く』
報告者・参加者みんな　参加者４名

第482回（2024･2･25）深沢潮『李の花は散っても』
報告者・参加者みんな　参加者６名

第483回（4･27）金石範『鬼門としての韓国行――『火山島』への道』
報告者・参加者みんな　参加者４名

【会場は第479回の名古屋大学文系総合館カンファレンスホールを除いて名古屋 YWCA】

『架橋』三一号～三五号目次

三一号（二〇一二春　一月一五日発行）
▽小説
磯貝治良「消えた―小説3・11」
黄英治「駄駄っ児　あの壁まで――間奏曲」
磯貝治良「ウニムの場合」
▽詩
丁章「アボジがいない」
▽評論
パゴ英子　立花涼「在日から読む沖縄―目取真俊『眼の奥の森』論に向けて―」
▽エッセイ
朴燦鎬「한글の短歌・俳句で「ん」の文字数は？」
▽コラム2篇　あとがき

三二号（二〇一三夏　五月一五日発行）
▽小説
黄英治「ポプラ　あの壁まで―終章」
磯貝治良「夢☆沙漠を行く」
▽評論
パゴ・英子&立花涼「欄外に―磯貝治良「置き忘れたもの」再読」
浮葉正親「在日文学研究とディアスポラ概念の可能性」
細井綾女「非在日の場所から「在日」を語るということ」
▽エッセイ
朴燦鎬「오이씨 같은 버선발로…？」
▽講演記録
磯貝治良「文学に見る〈在日〉の変遷とこれから」
▽ショート自分史
許長順「私の願い」
▽コラム2篇　会録　あとがき

三三号（二〇一七夏　六月一五日発行）
▽小説
磯貝治良「分離する人」
黄英治「煙の匂い」
▽詩
太田道子「白い蝶たち」
中島和弘「地図」
▽評論
パゴ英子　立花涼「「非知と知」／磯貝治良「置き忘れたもの」を読む〈終わりに〉」
▽エッセイ
浮葉正親「読む会に参加して―在日朝鮮人文学から磯貝治良文学へ」
朴燦鎬「よもぎ餅」「わが闘病記」
▽ドキュメント
磯貝治良「四十年あれこれ―出会いと活動の記」
▽コラム2篇　会録　あとがき

三四号（二〇二〇夏　七月二〇日発行）
▽小説
磯貝治良「道★連《づ》れ」
▽詩
草野信子「山羊」
中島和弘「遠い記録」
▽評論
立花涼「読む、時代を？『こわい、こわい』と『禁じられた郷愁』の交差

的読解」
▽エッセイ
朴成柱「24歳を迎え、私がいま考えていること」
▽本の紹介
浮葉正親「在日朝鮮人の歴史と記憶をめぐる闘い―朴沙羅『家（チベ）の歴史を書く』筑摩書房（二〇一八）に寄せて」
▽コラム1篇　会録　あとがき

三五号（二〇二四秋　一〇月三〇日発行）
▽小説
磯貝治良「来るひと」
黄英治「七月八日、猛暑日」
▽詩
大田美和「マンチェスター詩集」7篇
中島和弘「解体屋」
▽エッセイ
林浩治「宗秋月を読み直して、政治と文学を振り返える」
宮沢剛「なぜ在日朝鮮人文学を読むのか？」
文光喜「日本と朝鮮の架け橋―南医師の死を視て」
磯貝治良「あれこれ四題―活動の場から」（「『歴史の原罪』に時効はない」「ウトロは今に語る」「沖縄・高江への愛知県警機動隊派遣違法訴訟原告陳述書」「安保法制違憲あいち訴訟原告意見陳述」）
▼コラム、あとがきはすべて磯貝筆

【『架橋』の目次は創刊号（一九八〇年冬）から二〇号（二〇〇〇年夏）までを二〇号に、二一号（二〇〇一年夏）から三〇号（二〇一一年春）までを三〇号に掲載してある】

あとがき

▼『架橋』三五号が出ました。前号から四年もの間合いを置いての発行は初めて。四十年余、毎月一回欠かさず例会を続けてきた本誌の母体「在日朝鮮人作家を読む会」がコロナ禍の前あたりから歯抜けを始め、最近はずいぶん悠長になっている。『架橋』の一服はそれと関係する。黄英治氏から「催促」の便りが届いたのは、そんな折。彼があの人この人を誘ってくれて三五号発行となった。

▼四年の間に大切な仲間が亡くなった。『架橋』と「読む会」の支え手であった浮葉正親と立花涼である。浮葉は八七歳のぼくの後継に、と目論んでいた矢先の死。立花は圧倒的な知の営みを『架橋』に遺して、逝った。

　敬愛し、知己も得た三人の在日朝鮮人作家が鬼籍に入った。高史明、徐京植、梁石日さんである。徐京植については本号コラムに書いたが、高史明とともに作家論を書かなくてはならない。梁石日については近々発行の在日総合誌『抗路』一二号に「思い出」を書いた。「読む会」ではお三方の著書の多くをテキストにした。

　これまで随分、イベント風な企画を催してきたが、この四年間は会の停滞を反映してか、なかまの朴成柱君が名古屋大学で企画してくれたセミナーひとつである。磯貝の講演と黄英治との対談をセットにしたもの。

▼個人的な仕事についても少し書く。昨二〇二三年に『文学の旅　ときどき人生　交友私誌』（風媒社）を出した。自叙伝風作品である。とは言っても、長い文学遍歴と社会活動、そこで出会った文友、仲間のことを中心に書いた。登場する人物が何百人になるか、ちょっと見当がつかない。在日朝鮮人作家と『架橋』についても「〈在日文学〉と同時代を並走して」の一章を設けた。それは人と人との交流をからめたドキュメントにもなっているので、あながち私ことの仕事とも言えない。（磯貝治良）

架　橋　35号
二〇二四年一〇月三〇日発行
編集人・磯貝治良
発　行・在日朝鮮人作家を読む会
〒四五二―〇〇一二
愛知県清須市西枇杷島町北大和一五二
磯貝方
電話（〇五二）五〇二―六五九九
制作発売・㈱あるむ
名古屋市中区千代田三―一―一二
電話（〇五二）三三二―〇八六一
ISBN978-4-86333-212-6